추사 김정희 전기소설 청소년 묵장

추사이야기

글 | 표윤명

gasse · 가쎄

추사 김정희 전기소설 청소년 묵장

추사이야기

글 ㅣ 표윤명

초판 1쇄 인쇄 \ 2011년 3월 1일
초판 1쇄 발행 \ 2011년 3월 1일

펴낸 곳 gasse · 가쎄 [제 302-2005-00062호]

주소 \ 서울 용산구 한강로1가 용산파크자이 D 606
전화 \ 02.2071.6866
팩스 \ 02.2071.6877
인쇄 \ 정민문화사

ISBN \ 978-89-93489-11-8
값 \ 10,000 원

추사 김정희 전기소설 청소년 묵장

추사이야기

글 | 표윤명

● 차례

● 작가의 말

산숭해심(山崇海深). 산은 높고 바다는 깊다. 추사에게 가장 잘 어울리는 말이다. 학문과 예술, 높은 정신세계에 이르기까지, 어느 것 하나 부족한 것이 없다. 가히 천하제일이라는 말이 가장 잘 어울리는 분이다.

예산이 고향인 나는 추사 김정희선생의 삶을 이야기로 그려내고 싶었다. 그것은 하나의 의무와도 같이 내게 다가왔다. 그리고 그분의 흔적을 찾아 헤매던 끝에 빛을 본 것이 묵장(墨莊)이라는 소설이다.

묵장을 출간하고 나서 많은 사람들이 청소년을 위한 묵장이 있었으면 했다. 생각해 보니 추사의 삶과 예술을 다룬 위인전 하나 없는 현실이 못내 아쉽기는 했다. 때문에 나도 그런 생각에 곧 공감을 하게 되었다. 그리고 그런 공감은 추사를 널리 알리고자 하는 나의 생각과도 일치하는 것이었다. 그래서 청소년 묵장을 출간하게 되었다.

묵장의 영수 추사 김정희, 그분의 삶과 예술에서 우리 자라나는 청소년들은 조선의 정체성과 조선인의 힘을 읽을 수 있을 것이다. 부러질지언정 굽히지는 않겠다던 세한의 절개, 이것은 허접한 인간이 감히 범접치 못할 것이다. 세한의 절개와 고절한 부작란으로서 선비와 사대부의 정신을 지켜내고자 했던 추사 김정희(金正喜)

더불어 추사는 벼루 열 개를 구멍 내고 붓 천 자루를 몽당붓으로 만들만큼 치열한 노력을 기울였던 노력파였다. 타고난 재능에 노력을 더했던 것이다.

우리 자라나는 청소년들이 이 묵장을 통해 추사의 끈질긴 노력과 예술세계를 좀 더 깊이 있게 느끼고 깨달았으면 한다.

처음 이 소설을 쓰면서 나는 가까이 있는 추사고택을 몇 번이나 찾아갔는지 모른다. 눈이 오는 날은 눈이 와서 가 보았고 비가 오는 날은 비가 와서 가보았으며 화창하게 맑은 날은 날이 맑아서 또 가보았다. 짧게는 몇 십 분에서 길게는 몇 시간까지 앉아 생각에 잠긴 적도 있었다. 추사의 숨결을 느껴보고자 그 분이 거닐었을 길도 거닐어 보았고 추사고택 사랑채에 멍하니 앉아있었던 적도 있었다. 추사고택은 물론 화암사와 병풍바위까지 그 분의 자취와 숨결을 느껴보기 위해 시간을 아끼지 않았다.

창밖으로 소복이 쌓이던 눈과 따스한 햇살아래 돋아나던 풀잎들 그리고 나뭇잎들, 모두 정겹게만 느껴지던 시간들이었다. 짙푸른 숲속에서 더위를 이겨내며 추사의 글씨와 난을 텍스트로 살려내던 수많은 시간들이 이제는 더없이 소중한 날들로만 남아있게 되었다.

긴 시간동안 이 분과 함께 할 수 있어서 기뻤다. 참으로 기뻤다. 그리고 그 기쁨은 앞으로도 계속 될 것 같다.

보추재(寶秋齋)에서 표윤명 쓰다.

● 추천의 말

되살아난 예술혼

윤후명(소설가, 국민대 문창대학원 겸임교수)

벼루 열 개를 구멍 내고 붓 천 자루를 몽당붓으로 만들만큼 치열한 노력을 기울였던 추사(秋史). 그의 삶과 예술을 이토록 핍진하게 그린 소설을 나는 아직 알지 못한다. 더우기 시대의 고뇌와 함께 하며 우리의 정체성을 파헤친 필치에는 감탄하지 않을 수 없다. 작가가 추사 고택(古宅)이 있는 예산을 고향으로 살고 있는 인연마저 마치 이 한 편의 소설을 쓰기 위해서인 듯 하다. 심혈의 노력을 기울여 추사(秋史)의 예술혼을 되살려낸 작가의 노고에 절로 고개가 숙여진다.

1. 우물이 차고 초목(草木)이 생기를 얻다.

　비는 밤새 쏟아졌다. 목마른 땅을 적셔주는 반가운 비였다. 세상은 오랜만의 비로 촉촉해졌으며 윤기를 얻었고 빛을 발했다.

　멀리 푸르른 뾰죽산이 희뿌옇게 모습을 드러낼 즈음 구름이 걷혀 들었다. 맑은 하늘이 얼굴을 드러내고 세상이 생기를 되찾았다. 메마른 논은 넘치는 물로 세상을 바쁘게 움직이게 했다. 늦은 모내기를 위해 백성을 바쁘게 움직이게 했던 것이다.

그리고 세상을 향한 새로운 외침도 이어졌다. 기계유씨가 아기를 낳았던 것이다.

　"나리, 마님께서 옥동자를 낳으셨습니다."

　시월이의 호들갑에도 유당 김노경은 나무라지 않았다. 오히려 입가에 웃음까지 머금으며 기뻐했다. 늘 여유와 느긋함으로 사대부의 체통을 지키던 모습과는 달랐다.

"그랬느냐? 수고했다 일러라."

유당의 얼굴에는 기쁨이 넘쳐났다. 사대부의 체통도 잊은 채 몸을 돌려 마루를 올랐다. 그리고는 잊었다는 듯 다시 몸을 돌려 시월이에게 다급히 일렀다.

"가 봉이더러 먹을 갈라 일러라."

유당의 기쁜 얼굴에 시월이도 덩달아 신이 났다.

"알겠습니다, 나리."

시월이가 사랑채를 나서기 무섭게 유당은 자리를 잡고 앉아 종이를 끌어당겼다. 이어 봉이가 허겁지겁 달려왔다.

"부르셨습니까, 나리."

"그래, 올라와 먹을 갈도록 해라."

유당의 말에 봉이는 마루에 올라서 단정히 무릎을 꿇고는 먹을 잡았다. 그리고는 벼루에 물을 붓고는 천천히 먹을 갈았다.

"먹이란 정성을 다해 갈아야 한다. 먹이 어떤 빛을 띠느냐 하는 것은 가는 사람의 정성에 달렸다. 아무리 좋은 먹이라 할지라도 마음가짐이 갖추어지지 않은 사람이 갈면 먹은 빛을 잃는 법이다. 빛을 잃은 먹으로 글씨를 써 보았자 무슨 소용이 있겠느냐. 내 너를 특별히 시키는 것은 그래도 우리 월성위가 하인들 중에 너 만한 정성과 착실함으로 먹을 잡는 아이를 보지 못했기 때문이다. 알겠느냐?"

유당의 칭찬에 봉이는 더욱 정성을 들여 먹을 갈았다.

먹이 갈리자 유당은 붓을 들었다. 그리고는 잠시 생각에 잠기더니 진한 먹을 듬뿍 먹었다. 그리고는 종이 위에 힘차게 써내려갔다.

正喜(정희)

'바를 정에 기쁠 희, 김정희라!'

유당은 힘찬 글씨를 내려다보며 흡족해했다. 새로 태어난 아이의 이름이었다.

'네 이름을 세상에 드날려 가문을 빛내도록 해라.'

유당 김노경은 아들의 이름을 들고 자신의 바람이 이루어지기를 간절히 바랐다.

김정희의 태어남으로 인해 월성위댁은 커다란 경사를 맞이했다. 이에 김노경은 마을에 큰 잔치를 열고 백성을 불러 모아 아이의 태어남을 함께 기뻐했다. 이는 가뭄으로 고통받은 백성의 아픈 상처를 달래주기 위한 잔치이기도 했다. 고을 백성 또한 메마른 땅을 흠뻑 적셔주는 비를 몰고 온 아이의 태어남을 축복했다.

"아기씨가 복을 몰고 오시는 분이었어. 안 그런가?"

"아무렴, 이런 지독한 가뭄을 끝내게 하신 분이니 분명 큰 인물이 되실 걸세."

"이제야 모내기도 하고 씨앗도 뿌릴 수 있게 되었으니 얼마나 다행인가? 이게 모두 다 아기씨 덕분일세."

백성들은 월성위가 사람들이 들으라는 소리가 아니라 마음에서 우러나

오는 소리로 김정희의 태어남을 축복했다.

잔치는 하루 종일 계속되었고 오랜만에 배부르게 먹고 마신 사람들은 내일부터 있을 농사일에 마음이 들떴다. 가뭄으로 일을 못하는 것보다는 힘들더라도 일을 하는 것이 나았기 때문이다. 그것은 일하지 못하는 것이 얼마나 두렵고 고통스런 일인가를 잘 알고 있었기 때문이기도 했다. 가뭄이 고통스러운 것이 아니라 그로 인한 배고픔이 더 고통스러웠던 것이다. 이제 농사지을 비가 충분히 내렸으니 그런 고통은 피할 수 있을 것이다. 백성들은 그것이 더 반가웠다.

흰 꽃망울이 도톰하게 가지 위에 앉아 있었다. 때 이른 매화가 꽃망울을 맺었던 것이다.

입춘이라고는 하지만 아직은 싸늘한 날씨였다. 단정한 모습의 매화는 올해도 어김없이 월성위댁 정원을 제일 먼저 장식했다. 활짝 핀 매화는 아니지만 앙상한 가지를 드러낸 다른 나무와 꽃들에 비해서는 그래도 부지런한 편이었다. 매서운 추위를 이겨내고 아름다운 모습을 드러내는 매화는 선비의 집안에 잘 어울리는 꽃이었다.

"매화가 꽃망울을 머금었습니다. 아버님."

정희의 말에 유당은 고개를 끄덕였다.

"무엇을 느꼈느냐?"

유당은 뜬금없이 물었다. 입춘이라고는 하지만 아직 대청마루에 나앉아 있기에는 이른 계절이었다. 하지만 유당과 정희는 월성위댁 사랑채 마루에 앉아 있었다. 그리고 그들의 옆에는 봉이가 다소곳이 먹을 갈고 있었다. 입춘첩을 쓰기 위함이다.

"유난히 추웠던 지난겨울을 이겨내고 저렇게 꽃망울을 피워내는 것을 보니 그 지고(至高)함을 알겠습니다."

당돌한 대답이었다.

"지고함을 알겠다?"

"예, 아버님."

"지고함이란 무엇이더냐?"

어린 정희의 당돌한 대답에 유당은 근엄하게 물었다. 자못 기대에 찬 물음이었다.

"지고함이란 흐트러지지 않는 마음을 말합니다. 선비와 사대부가 가슴속에 담아두어야 할 마음이기도 합니다. 쉬 변치 않는 마음으로 더없이 높고 더없이 훌륭한 마음을 말하는 것입니다."

여덟 살 어린아이치고는 놀라운 대답이었다. 유당 김노경의 근엄한 얼굴에 웃음꽃이 피었다.

"혹독한 추위를 이겨내고 핀 매화는 시련을 이겨낸 선비의 높은 절개에 비유할 수 있다. 그래서 아름다운 꽃들이 많다마는 우리 선비나 사대부들이 특히나 귀하게 여기고 아끼는 까닭이다. 매화를 닮도록 해라. 가슴속에 매화의 향기와 난의 기품을 갖춘다면 부끄럽지 않은 선비가 될 수 있을 것이다. 알겠느냐?"

"예, 아버님."

매화를 이야기하며 유당과 정희는 이른 봄 싸늘한 날씨를 이겨내고 있었다.

어느새 매화무늬 단계연에 진한 먹물로 넘쳐났다. 작은 묵지(墨池) 안에 선연한 먹이 유난히 빛을 발하고 있었던 것이다.

"자! 이제 입춘첩을 써보아라."

유당의 말에 정희는 붓을 들어 벼루에 담갔다. 진한 먹물이 붓에 배어들고 은은한 먹의 향기가 피어올랐다. 이어 어린 김정희는 망설임 없이 붓을 들어 종이에 갖다 댔다. 그리고는 붓을 꾹 눌러 획을 그었다.

스치는 바람에 앙상한 매화 가지가 부르르 몸을 떨어댔다.

立春大吉(입춘대길)

흰 종이 위로 검은 먹 선이 피어나며 입춘대길 네 글자가 완성되었다. 여덟 살 어린 나이에 쓴 글씨치고는 너무나도 힘 있고 아름다운 글씨였다. 유당의 입가에 절로 미소가 피어났다. 정희의 입가에는 굳은 의지가 배어 있었다.

'선비의 갖춤은 글씨에서 드러나느니라.'

평소 하시던 아버님의 말씀이 어린 정희의 가슴을 짓눌러왔다. 하지만 정희는 그것을 부담스러워하지 않았다. 즐거움으로 여겼다. 그만큼 자신감으로 가득 차 있었던 것이다.

정희는 다시 한 번 붓을 움직여 건양다경(建陽多慶) 네 글자마저 완성시켰다. 굵고 힘 있는 글씨가 어린아이의 것이라고 하기에는 도무지 믿기지 않을 정도였다. 유당은 자신의 눈으로 보고도 믿을 수가 없었다. 기특하기 그지없었다.

"너의 글씨가 이 아비의 마음을 기쁘게 하는구나. 올해 입춘첩도 너의 것으로 붙이도록 하자."

말을 마친 유당은 껄껄웃음으로 아들을 자랑스러워했다. 어린 김정희도 그제야 비로소 미소를 머금었다. 유당은 입춘첩을 펼쳐들고는 이리저리 살펴보았다. 그리고는 자리를 일어서 밖으로 나갔다. 월이가 이미 입춘첩을 붙일 풀을 들고 기다리고 있었다. 통의동 월성위궁 솟을대문에는 월성위가 사람들이 모두 나와 있었다. 영특한 도련님의 입춘첩을 보기 위함이었다.

유당은 마음이 기쁘고 뿌듯하기만 했다. 어느 가문이 있어 여덟 살짜리 아이의 입춘첩을 당당히 내다 붙일 수 있단 말인가? 월성위가가 아니면 누가 그렇게 할 수 있겠는가 하면서 말이다. 당당한 월성위가 솟을대문에 '입춘대길 건양다경' 여덟 글자가 나붙었다. 입춘을 맞이하여 좋은 일이 있기를 기원하는 마음으로 내다 붙이는 입춘첩이었다.

"나리. 무식한 소인의 눈으로 보아도 도련님의 글씨가 작년과는 또 다릅니다. 어느 댁이 있어 이런 경사스런 일이 있을 수 있겠습니까? 월성위 댁이 아니면 어찌 가능하기나 하겠습니까?"

"맞습니다. 월성위 댁의 경사입니다."

집사와 하인들이 한 입으로 어린 정희의 글씨에 대해 감탄의 말을 쏟아내자 유당 김노경도 흡족하지 않을 수 없었다. 언제나 차분한 몸가짐으로 사대부의 체통을 제일로 여기던 유당도 오늘만은 예외였다. 입가에서 미소가 떠나지 않았던 것이다.

어린 김정희가 쓴 입춘대길 건양다경 여덟 글자가 월성위궁 솟을대문에 당당히 나붙어 있었다. 지나는 사람마다 김정희를 입에 올리며 칭찬해 마지않았다. 그 어린 나이에 저런 글씨를 쓸 수 있다는 것에 대해 시샘과 부러움을 동시에 던지기도 했다.

날씨가 제법 풀려 따스한 기운이 감돌던 날, 영의정인 번암(樊巖) 채제공(蔡濟恭)이 월성위궁 앞을 지나게 되었다.

"멈추어라."

느긋한 자세로 평교자에 앉아 있던 채제공의 눈에 인상적인 글씨가 눈에 들어왔다. 어른이 썼다고 하기에는 무언가 모자란 감이 있었고 아이가 썼다고 하기에는 아주 잘 된 글씨였다. 그런 아리송함이 채제공으로 하여금 궁금함을 참지 못하게 하며 발길을 멈추게 했던 것이다.

"잠시 내려야겠다."

채제공의 말에 평교자는 내려졌고 하인들은 어깨를 추슬렀다.

평교자에서 내린 채제공은 얼굴을 찌푸린 채 월성위궁 솟을대문 앞으로 서서히 발길을 옮겨갔다. 그리고는 입춘대길 건양다경 여덟 글자를 뚫어져라 바라보았다.

'분명 어른의 글씨는 아닌데 아이가 썼다면 이는 대단한 일이다.'

번암 채제공은 긴 수염을 어루만지며 짐작해 보았다. 하지만 알 수 없었다. 이에 궁금함을 참지 못한 채제공은 사람을 부르고 말았다.

"이리 오너라."

채제공의 부름에 안으로부터 월성위궁 사람들이 달려 나왔다.

"뉘신지요?"

월성위궁 집사인 주서방이 조심스럽게 물었다. 차림으로 보아 보통 인물이 아님을 알아본 것이다.

"영상대감이시다. 들어가 아뢰어라."

채제공을 모시던 집사가 말을 건네자 주서방을 비롯한 월성위가 사람들은 깜짝 놀라 허리를 굽혔다. 주서방은 부리나케 달려 들어갔고 이어 김노경이 다급히 달려 나왔다.

"대감께서 어인 일로 소인의 집을 방문하셨습니까?"

유당 김노경의 황송함에 채제공이 답했다.

"내 지나는 길에 월성위궁 대문에 써 붙인 입춘첩을 보고 하도 기이하여 발길을 멈추었네. 저 글씨가 어른이 썼다고 하기에는 부족하고 아이가 썼다고 하기에는 너무 잘 쓴 글씨가 아닌가? 그렇다고 명색이 월성위궁인데 어른의 부족한 글씨를 저렇게 떡하니 붙여 놓을 리도 없을 테고 말일세."

채제공의 물음에 김노경은 미소를 머금으며 답했다.

"그렇습니다. 대감. 저 글씨는 제 어린 자식이 쓴 것입니다."

유당 김노경으로부터 자신의 추측을 사실로 확인받는 순간 번암 채제공은 놀랐다.

"그 아이가 대체 몇 살인가?"

"올해 여덟입니다. 바로 이 아이이지요."

유당 김노경의 곁에 서 있던 정희는 자신의 이름을 소개하자 공손히 허리를 굽혔다.

"바로 이 아이란 말인가?"

채제공은 다시 한 번 놀라지 않을 수 없었다. 자신이 생각했던 것보다도 훨씬 어린 나이였기 때문이다.

"어찌 이 어린 나이에 저런 글씨를 써낼 수 있단 말인가? 도저히 믿기지가 않네."

채제공의 놀람에 김노경은 흐뭇한 웃음으로 허리를 굽혀 맞받았다.

"흠, 정말 대단한 일일세. 훗날 큰 성취를 이룰 만한 글씨이네. 월성위가 사람들이 모두 명필로 이름난 사람들이라는 것을 내 일찍이 알고는 있었으나 이런 대단한 재목까지 갖추고 있었는지는 미처 몰랐네. 오늘에서야 비로소 알게 되었네. 부디 잘 가르쳐 나라를 위해 큰 인물로 성장할 수 있도록 하게나."

채제공의 격려에 김노경은 감격해 하며 허리를 굽혔다.

"대감의 말씀에 따라 가르침에 최선을 다하겠습니다. 누추한 집이지만 잠시 안으로 드시지요."

"누추하다니. 천하의 월성위궁을 어찌 누추하다 하는가? 지나친 겸손은 이 몸을 오히려 욕되게 하는 일일세. 내 잠시 들러 유당과 맑은 차를 마시며 이야기를 주고받고는 싶으나 이미 정목사(鄭牧使)와 약속이 되어 있는 관계로 그러지 못함을 섭섭하게 생각하네. 다음 기회에 그러도록 하세나."

채제공은 약속을 핑계로 사양했다.

"그럼 그리하시지요. 대감."

번암 채제공은 말을 마친 후 무언가 머뭇거리다가는 그냥 몸을 돌려 평교자에 올랐다.

"자, 가도록 하자!"

채제공의 명령에 하인들은 평교자를 메고 일어섰다. 이어 평교자를 멘 하인들이 발을 옮기려는 순간

"잠깐 멈추어라."

채제공은 망설이던 말을 그예 하고 가야겠다는 듯 작정하고 입을 열었다.

"내 이르니, 저 아이가 천하의 명필이 될 소질을 갖추고 있음은 분명하나 만약 그 길을 가게 된다면 커다란 어려움이 뒤따를 것이네. 그러니 붓은 잡게 하지 말고 문장으로서 이름을 드날리도록 하게나. 그러면 어려움은 피할 수 있을 것이네. 문장으로서도 천하를 울릴 인물일세. 내 말 명심하게나."

채제공은 말을 마치자 하인들에게 일러 가던 길을 재촉했다. 유당 김노경은 채제공의 말에 의아한 얼굴을 하면서도 허리를 깊숙이 숙였다.

"살펴 가십시오. 대감."

"천하의 인물일세. 잘 다듬는다면 분명 세상을 빛낼 훌륭한 인물이 될 걸세."

멀어져가는 채제공의 말소리가 유당의 귓전을 길게 울렸다.

채제공의 평이 세상에 퍼져나가 장안은 온통 김정희에 대한 이야기로 가득 찼다. 너도나도 신동에 대한 이야기로 꽃을 피웠던 것이다. 이런 소문이 초정(楚亭) 박제가의 귀에도 들어가지 않을 리 없었고 그는 월성위가를 직접 찾아가 김정희를 보기도 했다.

"대감, 소문이 헛것은 아니었습니다. 영상대감께서 그리 말씀하신 것도 당연한 것입니다. 외람되나 아드님을 제가 한 번 가르쳐 보고 싶습니다. 천하의 영재를 얻어 가르치는 것이 세상사 가장 큰 즐거움 중의 하나라 했

거늘 그런 기쁨을 누릴 수 있는 기회를 제게도 한 번 주십시오.”

박제가는 김정희를 제자로 맞아들여 가르치고 싶었다. 진정으로 천하의 영재를 얻어 가르쳐 보고 싶었던 것이다.

“그대가 그리만 해 준다면 나로서는 더없는 행운이 아닐 수 없네. 그대 같은 조선의 영재가 우리 정희의 스승이 되어 준다면 어찌 마다하겠는가?”

“대감, 진정이십니까?”

“어찌 빈말을 하겠는가. 그리하도록 하게. 내 오히려 그대에게 감사하다는 말을 해야 할 것이네.”

어린 정희는 초정 박제가를 스승으로 모시고 학문을 익히게 되었다. 글씨는 이미 아버지인 유당 김노경으로부터 배운바 기초가 닦여 있었고 게다가 외가인 기계유씨의 피를 타고나 있었으니 그 소질은 두말할 필요도 없었다. 그런 그가 당대 최고의 학자인 초정 박제가의 제자가 되었으니 그 배움의 길은 탄탄대로에 올라서 있는 것이나 마찬가지였다.

2. 푸른 구름을 타고

"사내란 무릇 큰 꿈을 품고 있어야 한다. 작은 땅에 몸을 담고 있을지언정 그 꿈만은 크게 갖도록 해라. 우물 안 개구리처럼 생각하고 행동한다면 천하의 웃음거리가 될 것이다."

"작은 땅이라는 말씀은 언뜻 이해가 가지 않습니다. 무슨 말씀이신지요?"

"세상은 넓고도 크단다. 네가 이 조선 땅에 앉아서 조선의 하늘과 땅만을 보고 있다면 진정 세상 넓음을 깨닫지 못할 것이다. 기회가 되거든 연경에 한 번 다녀오도록 해라. 그곳에 가보면 세상 넓고 큰 것을 저절로 깨닫게 될 것이다."

"세상이 그리도 넓고 큰지요?"

"그렇다. 우리 조선 땅은 청의 만분의 일도 되지를 않는단다. 그곳은 각 고을이 계절이 다르며 풍속이 다르고 민족이 다르며 심지어는 말도 다르단다. 세상의 수많은 사람이 모여 있어 그야말로 인종전시장을 방불케 하는 곳이지. 곳곳마다 민족이 달라 풍습도 가지가지이며 한 가지 말로는 서로 의사소통도 되지를 않는단다. 같은 청나라이거늘 고을마다 이렇게 다르다 보니 우리 조선 사람들이 처음에는 당황해 어쩔 줄을 모르는 경우가 허다하단다."

제자는 스승의 말을 한마디도 놓치지 않으려 눈을 크게 뜨고 스승의 얼굴을 뚫어져라 바라보았다. 제자의 호기심에 스승은 더욱 신이 나서 말을 이어갔다.

"남쪽은 여름이거늘 북쪽은 겨울이고 서쪽은 서늘한데 동쪽에서는 훈풍이 불고 있단다. 얼굴이 검은 사람이 있다는 것을 상상이나 해 보았느냐?"

"얼굴이 검은 사람은 흑달에 걸려 삶과 죽음의 길을 오락가락하는 사람이 아닙니까?"

제자의 말에 스승은 빙긋이 웃으며 손을 내저었다.

"그런 검은 색이 아니다. 온통 새까매서, 먹물보다도 더 새까만 색깔을 말한다."

"그런 사람이 있습니까?"

"그렇다. 그뿐만 아니라 눈이 파랗고 코가 칼날같이 날카로운데 그 크기는 이 손가락만큼이나 큰 높이의 코를 가진 사람도 있단다. 또한, 여인이 아님에도 마치 여인이 치장한 것처럼 새하얀 피부를 가진 사내가 있는가 하면 머리털이 온통 노란 치자 물을 들인 것처럼 노란 사람들도 있단다. 처음 얼핏 본 사람들은 도깨비를 만난 듯 놀라 도망치는 사람들도 있었다 하더구나. 하지만 그들도 모두 같은 사람으로 우리와 다른 땅에서 살고 있는 사람들이다. 촌스럽게 그들을 보고 놀라 두려움에 떨거나 도망친다면 중원사람들이 우습다 손가락질 할 것이다. 그러니 그들을 보고 두려워하거나 달리 생각하지 말고 그들의 생김새를 이해하며 서로의 차이를 인정해야 할 것이다. 그리하면 그들에 대한 편견이나 두려움도 여름날 호숫가 옅은 안개가 지나는 바람에 흐트러지듯 모두 사라지고 말 것이다.”

“세상에 그런 사람들도 있다니 그저 신기하기만 합니다.”

“눈에 보이는 것만 신기해서는 안 된다. 그들이 알고 있는 지식과 지혜는 우리가 생각지 못한 대단한 것이다. 연경의 학자들은 이미 그들의 깊고도 넓은 학문을 받아들여 우리의 상상을 초월하는 새로운 학문을 열어 놓았더구나.”

제자는 호기심에 마른 침을 삼키며 바짝 다가앉았고 스승은 그런 제자의 배우고자 하는 마음에 더욱 신이 났다.

“그 대단한 것이 무엇입니까?”

“그들의 학문은 우리가 생각할 수 없었던 여러 분야에서 앞서고 있었다. 저들은 발달한 기술로 우리의 눈을 어지럽히는데 눈으로 직접 보고도 도저히 믿을 수 없는 것들이었다. 그중에 천리경이라는 것이 있는데 이것을 펼쳤을 때의 길이는 우리의 대금만 하더구나. 한쪽은 굵고 다른 쪽은 가는데 양쪽에는 볼록하고 오목한 유리알이 붙어 있었지. 이것으로 멀리 있는 것을 보면 마치 눈앞에서 보고 있는 것과 같이 커다랗게 보이는데 나는 이것을 처음 볼 때 놀랍고 신기해 머리가 다 어지러울 지경이었단다. 마치 대낮에 도깨비에 홀린 듯하여 그것에 눈을 붙였다 떼었다 하기를 무려 수십 차례나 반복했었지. 하지만 엄연한 것은 꿈이 아닌 현실이었고 그들의 놀라운 기술에 그저 탄복할 수밖에 없더구나.”

“스승님께서 보신 것이 그렇다면 도를 닦아 얻으려 했던 천리안이로군요. 천리안을 사람의 기술로 만들어 낼 수 있다니 정말 대단한 일입니다. 이 제자도 꼭 한번 보고 싶습니다.”

제자의 안달에 스승은 진지한 얼굴로 말했다.

“이다음에 기회가 되거든 아버님을 따라 연경에 한번 다녀오도록 해라. 유당선생께서는 연경에 가실 기회가 있을 것이다. 그러면 그때 자제군관 자격으로 반드시 따라가도록 해라. 넓은 세상을 네 눈으로 직접 보고 느껴야 한다. 그러면 분명 마음속에 새로움이 일 것이다. 청의 학자들은 이미 그것을 느껴 새로운 바람을 일으켰더구나.”

“새로운 바람이라 하셨습니까?”

“그렇다. 새로운 바람이다. 주자는 물론 양명학까지 이미 낡은 것이 되어버리고 말았더구나. 저들은 고증학이라는 새로운 학문을 일으켜 세웠고 그것을 생활 속에까지 깊숙이 끌어들여 적용하고 있었지. 이제 학문은 책상에서 하는 것이 아니라 밖으로 나가 보고 듣고 만지며 느끼는 것으로 바뀌었다. 이 모든 것이 저 양인이라 일컬어지는 자들의 학문에서 비롯된 것이다. 연경의 학자들은 저들의 발달된 학문과 기술에 놀라 새로움을 일으켜 세우지 않으면 안 된다는 절박함을 그들 스스로 느낀 것이다. 우리가 세상 돌아가는 일에 무관심하여 낡은 학문에 얽매여있다면 훗날 반드시 큰 재앙을 맞을 수밖에 없을 것이다. 세상 흐름에 따라 변화하지 않으면 언제나 뒤처질 것이고 그 뒤처짐은 또한 근심을 부를 수밖에 없을 것이다.”

“그렇다면 어찌해야 하는지요?”

"그래서 연경에 다녀오라 이르는 것이다. 직접 보지 않으면 느낄 수 없다. 지금도 내 얘기만 듣고는 그리 실감할 수 없질 않으냐. 보아야 한다. 직접 보고 느껴야 한단 말이다."

스승 박제가의 말에 김정희는 고개를 끄덕였다. 스승의 말이 가슴에 와 닿았기 때문이다. 그리고 하루빨리 그날이 왔으면 하는 마음에 조급해지기 시작했다.

"연경에 가게 된다면 어찌해야 되는지요?"

"먼저 새로운 문물을 보고 배워야겠지. 그러자면 연경의 뛰어난 학자들과 사귀어야 할 것이다. 그들은 새로운 바람의 주역으로 모든 변화의 중심에 서 있는 사람들이다. 조선의 젊은이가 그들의 학문을 동경해 찾아왔다 하면 그들은 손을 들어 환영해 줄 것이다. 저들은 낡은 학문에 맞서 새로운 바람을 일으킬 자신들의 동지를 구하고 있다. 우리에게는 아주 좋은 기회이지. 저들이 만약 속 좁은 마음으로 새로운 학문을 하고 있다면 그 또한 우리에게 불행한 일이 될 것이다. 하지만 저들은 다행히도 마음이 넓고 사람 사귀기를 좋아하는 사람들이다. 네가 다가간다면 저들은 분명 환한 낯빛으로 반겨줄 것이다."

"그렇다면 그들은 누구인지요? 제가 연경에 가서 사귀어야 할 사람들 말입니다."

제자 김정희의 물음에 초정 박제가는 잠시 뜸을 들였다가는 입을 열었다.

"먼저 담계 옹방강이라는 분이 있다. 이 분은 연경 최고의 학자이지. 그분의 학문은 이 시대 최고로 첫손에 꼽기를 주저하지 않는다. 그리고 운대 완원이란 분이 있고 사고전서를 편찬한 기윤과 양주팔괴의 한 사람인 나양봉,

주학년, 섭지선, 조강 등 이루 헤아릴 수 없이 많다."

　스승의 말을 놓치지 않으려 김정희는 얼굴을 찌푸린 채 따라 중얼거려 댔다. 그런 제자의 열정에 초정 박제가는 일일이 덧붙여 설명하는 것을 마다하지 않았다.

　이미 해도 진 지 오래되었고 사방은 어둠에 휩싸여 있었다. 시간이 벌써 이렇게 늦어있었던 것이다.

　"아무튼 기회를 만들도록 해라. 그리고 그날이 올 때까지 부지런히 갈고 닦도록 해라. 너의 학문의 성취에 따라 저들의 눈빛이 달라질 것이다. 저들은 학문의 정도에 따라 사람을 대한단다. 성취가 높으면 그만큼 높은 대접으로 대하고 낮으면 낮은 만큼밖에 대하지 않지. 작은 반도에서 왔다 하여 무시한다거나 멀리 오랑캐의 땅에 산다 하여 멸시하지는 않는단다. 그것은 이미 낡은 학문의 자세라는 것을 저들은 잘 알고 있기 때문이다. 저들의 잣대는 오직 학문의 성취 정도에 있다. 그러니 작은 조선의 이름을 드높일 기회가 드디어 우리에게 찾아온 것이다."

　초정 박제가의 열띤 가르침에 김정희는 더욱 가슴이 부풀어 올랐다.

　"새로운 학문이란 것이 정말 듣고 보니 매우 합당하고 일리가 있는 것 같습니다. 사람을 대하는 태도에 있어 그것이 옳은 것이지 지난날 작은 나라라 업신여기던 일을 생각하니 그저 통쾌하고 유쾌하기 그지없습니다. 하루빨리 연경에 가 그분들과 사귀고 싶은 마음이 간절해집니다."

　김정희의 말에 초정 박제가는 너털웃음으로 맞받았다.

　"우물가에서 숭늉 찾는 격이구나. 겨우 몇 마디 얻어듣고 벌써 연경에 마음이 가 있으니 네 마음이 조급한 것인지 아니면 학문에 대한 열정인지

이 박제가도 구분할 수가 없구나. 다만 너의 조급한 마음도 학문에 대한 열정으로 인한 것일 테니 다행 중 다행이로구나."

스승과 제자는 새로운 학문에 대한 이야기로 밤이 깊어가는 줄도 모르고 열을 더해갔다. 그리고 급기야 김정희는 연경행에 대한 이야기를 듣고 난 느낌을 시로 읊기까지 했다.

"연경에 대한 이야기를 전해 듣고
가슴 속에 한 생각이 홀연히 일었네.
벗을 사귀며 학문을 논하고 싶은 간절한 마음
이다음 연경에 가 뜻이 맞는 사람을 만나게 된다면
기꺼이 한목숨 던져 넣으리.
천하의 이름난 사람들이 모여 사는 땅
아! 부럽고 또 부러울 따름이로다."

초정 박제가는 흐뭇한 마음으로 제자의 시를 읊고 또 읊었다. 제자의 학문에 대한 열정과 성의가 기특하기만 했던 것이다. 천하의 영재를 얻어 가르치는 기쁨을 누리겠다던 그의 바람이 늘 그를 기쁘게 했던 것이다.

"이번에 연경에 가는 것은 너의 바람이기도 하다만 나의 권유이기도 하다. 모름지기 사람은 큰물에서 노닐어 봐야 세상 넓음을 알고 큰 꿈을 기를 수 있다. 네 배움에 있어 큰 도움이 될 것이다. 내 더 말하지 않아도 네 스승에게서 들어 알겠지만 연경의 인물들은 하나같이 크고 훌륭하단다.

가서 한 눈 팔지 말고 부지런히 사귀고 배우도록 해라."

"알겠습니다. 아버님."

유당 김노경의 말에 김정희는 공손히 답했다.

유당 김노경은 호조 참판으로 동지부사(冬至副使)에 임명되어 연경으로 가게 되었다. 이때 김정희도 비로소 그토록 가고 싶어 했던 연경에 갈 기회를 얻게 되었다. 자제군관 자격으로 아버지인 유당 김노경을 따라 연경에 가게 된 것이다. 푸른 꿈을 안고 국경을 넘어 연경으로 향할 수 있게 되었던 것이다.

유당 일행은 짙푸른 압록강을 건너 요동벌판으로 향했다. 조선을 벗어나 청의 땅에 발을 들여놓은 것이다. 김정희는 느낌이 새로웠다.

웅장한 봉황성에 이르러서는 옛적 고구려의 양만춘을 떠올렸다. 당 태종 이세민을 맞이하여 중원의 군사를 물리치던 그의 기개를 생각했던 것이다. 그러자 온몸에 소름이 돋았다. 조선인으로서 가슴이 벅차고 얼굴이 화끈 달아올랐다.

그는 넘치는 기개를 참지 못하고 붓을 들었다.

'드넓은 들판 가운데 우뚝 선 봉우리여.

수레가 구르고 말이 달리던 소리가 아직도 생생하기만 하구나.

그러나 봉황성 위 달은 그때의 달이 아니니

오호라! 지키지 못한 아쉬움이여.

영웅의 기개를 이지러지게 한 이 슬픔을 언제나 회복할꼬.

지나던 객이 붓을 들어 한탄하니

사람들아! 옛일을 잊지 말고 영웅을 기억하도록 하자.'

포부가 넘치는 웅장한 시에 유당 김노경도 무릎을 치며 기뻐했다. 그러나 그의 기쁨도 잠시, 이내 정색을 하고는 말을 이었다.

"너의 호방함과 기개를 알겠다만 중원사람들 앞에서는 조심해야 할 것이다. 저들은 중원의 사람이지 조선의 사람이 아니다. 저들의 눈에 거슬리는 행동과 말은 저들로 하여금 경계심을 일으켜 너로 하여금 힘들게 할 것이다. 저들이 큰 인물임에는 틀림없으나 그것도 청과 중원에서의 큰 인물이요 훌륭한 학자일 뿐이라는 것을 명심하도록 해라. 청과 중원을 벗어나 있게 된다면 그 상황은 또 달라진다는 것을 명심하고 또 명심하도록 해라."

유당 김노경의 충고에 김정희는 고개를 끄덕였다.

"알겠습니다."

유당 일행은 끝없이 펼쳐진 요동벌판을 건넜다. 때는 깊은 가을로 접어드는 계절이었다. 누렇게 익어가는 곡식들이 드넓은 벌판을 가득 메운 채 요동의 풍요로움을 자랑하고 있었다. 실로 안타까운 일이었다. 조선인이 몇 해를 먹고도 남을 많은 곡식을 생산해내고 있는 벌판이었기 때문이다.

"고구려가 망하지 않았던들 이 풍요로움이 조선의 것이 되었을 텐데, 실로 안타깝기 그지없습니다."

"말해 무엇 하겠느냐? 이 벌판을 건너는 조선인마다 한결같이 한탄하는 말이라 하더구나. 나 또한 그리 생각하고 너 또한 그리 생각했구나. 실로 통탄할 일이다."

김정희 부자는 요동벌판의 안타까움을 삭이며 발길을 재촉했다. 드넓은 요동벌판은 끝이 보이질 않았다. 산은커녕 구릉도 언덕도 보이질 않았다. 하늘과 맞닿은 지평선만이 그곳이 땅의 끝임을 말해주고 있었다. 하지만 걷고 또 걸어도 그 땅끝은 여전히 제자리였다.

요동벌판에는 기름진 땅만 있는 것도 아니었다. 발목을 잡아채는 늪이 도사리고 있는가 하면 건너기 힘든 깊은 강도 있었고 거친 황무지가 발길을 잡아채기도 했다.

습기 많고 차가운 날씨는 일행의 몸을 괴롭혀대기도 했다. 압록강을 건널 때만 해도 쾌적한 가을 날씨였는데 이곳은 벌써 겨울 초입에 들어서 있었다. 차가운 북풍이 살을 에고 옷깃을 여미게 했던 것이다. 초행길인 유당과 김정희는 고생이 이만저만 아니었다. 기후는 물론 낯선 환경이 견디기 어렵게 했던 것이다.

요동벌판을 건너자 이들을 기다리고 있는 것은 대릉하(大凌河)였다.

"저것이 대릉하입니다."

길잡이의 말에 눈을 들어 바라보니 멀리 가물거리는 물줄기가 드넓은 벌판 사이로 반짝이며 흐르고 있었다.

말로만 듣던 대릉하를 앞에 두자 가슴이 두근거리기 시작했다. 그리고 점점 가까이 다가서 대릉하를 눈앞에 두자 입이 절로 딱 벌어졌다. 드넓은 벌판을 가르며 도도히 흐르고 있는 대릉하는 과연 천하의 장관이었다. 작은 강처럼 경박하지 않았고 큰 강처럼 거만하지도 않았다. 그저 가슴을 울리는 도도함, 그 자체였다. 누구든 그 앞에서는 자연의 위대함과 인간의 작음을 스스로 느끼지 않을 수 없게 만들었다. 일행 중 누구도 먼저 입을 여는 이는 없었다. 대릉하를 여러 번 본 사람이나 처음 보는 사람이나 한결 같을 뿐이었다. 자연의 위대함에 취해 자신마저 잊고 말았던 것이다.

"거대함이라든지 대단함이라든지 아니면 도도함이란 말은 이를 위해 만들어진 말인 것 같습니다. 더 이상 무슨 말이 필요하겠습니까?"

"그렇구나. 너의 말이 이 대릉하를 표현하는 데 있어 가장 적합한 말인 것 같구나."

유당 김노경도 김정희의 말에 고개를 끄덕였다.

일행은 배를 타고 건너며 다시 한 번 대릉하의 도도함에 두려움과 위대함을 동시에 느껴야 했다. 거친 물살로 달려들어 공포와 두려움을 가득 안겨주고는 아무 일 없었다는 듯 또다시 유유히 흘러가는 대릉하를 바라보며 자연의 위대함을 절절히 느끼지 않을 수 없었던 것이다. 뱃전을 끊임없이 때리는 거친 파도, 그리고 유유히 흘러가는 물살, 대릉하의 도도함이었다.

스승인 초정 박제가로부터 듣던 말이 이제야말로 실감이 났다. 말로만 듣던 대릉하를 몸으로 느끼자 김정희는 가슴 속으로부터 새로운 학문에 대한 호기심이 더욱 치솟아 오름을 느꼈다.

'이것이다. 바로 이것이 스승님께서 늘 말씀하시던 몸으로 느끼는 학문이다. 어찌 한가로운 방안에서만 듣던 대릉하로 진정한 대릉하를 알 수 있겠는가? 이렇게 몸으로 느끼는 대릉하만이 진정한 대릉하인 것을.'

울컥하는 뱃멀미에 몇몇 사람들은 벌써 괴로운 표정으로 뱃전에서 허리를 굽히고 있었다. 하지만 김정희는 그런 뱃멀미를 할 겨를도 없었다. 새로운 깨달음에 새로운 학문에 대한 기대로 가득 부풀어 올라 있었기 때문이다.

대릉하를 뒤로 하고 발길을 재촉한 유당 일행은 중원의 관문인 산해관

(山海關)에 도착했다. 웅장한 중원의 관문은 과연 천하의 요새이자 절경이었다. 거친 바위산과 용의 몸 틀임처럼 뻗어 나간 만리장성의 성곽이 보는 이의 눈을 의심케 할 지경이었다. 우뚝 솟은 산봉우리 사이로 구불구불 이어진 대륙의 용은 황제를 지키는 변방의 영물이었다.

"저것이 중원을 지키는 만리장성입니다. 천하의 요새이지요."

길잡이의 안내에 유당과 김정희는 고개만 끄덕일 뿐이었다. 그들 스스로 느끼고 있었기 때문이다. 저들이 왜 조선을 작은 조선이니 동쪽의 변방이니 하는 소리를 하는지를 이제야 어렴풋이나마 알 수 있었다. 규모로 따지기에는 그 거대함에 감히 말을 꺼내기도 어려울 지경이었기 때문이다.

"과연 천하의 산해관입니다."

김정희의 말에 유당 김노경은 묵묵부답 말이 없었다. 그리고 한참이 지나서야 겨우 입을 열었다.

"과연 대국이구나. 이렇듯 거대한 성곽과 말로만 듣던 산해관을 직접 보고 나니 조선의 작음을 이제야 비로소 알겠구나."

김정희의 눈가에 부러움을 넘어 시샘마저 어려 있었다.

'이런 대국을 우리 작은 조선이 어찌 넘어설 수 있겠는가? 그러니 천하의 중심은 연경이란 말도 헛된 것은 아닌 게야.'

김정희는 깊은 탄식과 함께 고개를 끄덕이지 않을 수 없었다.

깎아지른 돌계단과 거대한 성문을 지나 중원으로 발을 들여놓은 일행은 멀리 메마른 들판을 향해 발걸음을 재촉했다. 벌써 깊은 겨울로 치닫고 있었다.

누런 황사 바람과 찬 북풍이 유당 일행으로 하여금 고통을 더하게 했다.

긴 여행에 지친 몸을 추위가 덮친 것이다. 하지만 김정희로서는 추위와 지친 몸도 몸이었지만 청의 거대함에 마음이 심란하지 않을 수 없었다. 처음 연경의 이야기를 듣고는 하루빨리 보고 듣고 싶었으나 막상 몸으로 부닥쳐 현실을 알게 되자 현실의 버거움이 가슴을 짓눌러 왔던 것이다. 청의 거대함 앞에 자신이 한없이 초라해지며 작아지는 것을 느껴야 했던 것이다.

"정희야."

유당의 부드러운 목소리에 김정희는 다소곳이 답했다.

"예, 아버님."

"너무 기죽을 것 없다. 사람 사는 세상이 다 그런 것 아니더냐? 지금 우리가 보고 있는 것이 청의 거대함이지만 그 거대함은 언제나 주인을 바꾸는 데 있어 인색하지 않았다. 옛적 몽고족의 원나라가 그랬고 또 만주족인 이 청나라가 그렇지 않더냐."

유당의 말에 김정희는 의아한 얼굴로 아버지인 유당을 바라보았다.

"이 땅이 대국임은 틀림없으나 그것을 차지한 민족은 언제나 힘 있고 지혜로운 민족이었단 말이다. 우리 조선이라 해서 그러지 말라는 법은 또 어디에 있단 말이냐? 저 봉황성에서 호령하던 우리 고구려의 기상이 그것을 증명하지 않았느냐? 고구려는 분명 우리의 민족이었고 그 땅은 우리가 넘어온 산해관을 경계로 했었다. 어찌 버거운 현실이라 해서 포기할 수 있겠느냐. 또한 세상의 가치는 꼭 넓은 땅과 거대함만으로 그 우뚝함을 가를 수 있는 것은 아니다. 학문의 깊이와 예술의 정밀함 또한 그 넓음과 거대함에 못지않은 것이다. 그것만 있겠느냐? 지혜와 아름다운 인정 그리고 편안함과 풍요로움 또한 그에 못지않은 것이다. 네가 이 넓고 거대한 청에 맞서 조선인으로서 조선의 것을 구하고자 한다면 그때는 능히 이 넓고도 거대한 것을 넘어설 수 있을 것이다. 봉황성에서 지은 너의 시가 그렇지 않느냐? 너의 그 호방하고 담대한 기상은 능히 후세에 알려져 빛을 발할 것이다. 그런 기상을 잊지 않고 간직한다면 이까짓 땅덩이 조금 넓은 것은 아무것도 아닐 것이다."

유당 김노경의 위로에 김정희는 오므라들었던 어깨가 한순간에 펴졌다. 진실로 그러했기 때문이다.

"과연 그렇군요. 아버님. 이 모자란 정희가 그런 것을 미처 생각하지 못하고 있었습니다."

"하지만 잊지 말아야 할 것이 또 있다. 봉황성에서도 일렀지만 너의 자리가 어디인가를 항상 생각하고 행동하도록 해라. 만약 그것을 잊는다면 저들의 질투와 시기가 언제 너에게로 재앙을 던질지 아무도 알 수 없기 때문이다."

"예, 알겠습니다. 아버님."

김정희는 아버지인 유당 김노경의 깊은 마음에 다시 한 번 탄복해 마지 않았다.

넓은 벌판 위에 우뚝 솟은 연경의 모습이 마침내 눈에 들어왔다. 거대한 황궁과 연경의 시가지가 한눈에 펼쳐졌던 것이다.

"저곳이 연경이구나!"

"그토록 보고자 했던 곳입니다. 아버님."

"그래, 감개가 무량하구나. 과연 황제가 계시는 연경답구나. 높은 누각과 큰 건물들. 게다가 거대한 담장까지, 과연 듣던 대로구나."

유당과 김정희 부자는 함께 감탄사를 연발하며 연경에 대한 느낌을 숨김없이 드러냈다. 연경은 과연 컸다. 조선의 한양과는 비교도 되지 않았다. 잘 정비된 거리와 위압감을 주는 높은 담장 그리고 붉은색과 황금색의 조화로움이 과연 황제가 머무는 곳다웠다.

연경에 당도한 유당 일행은 일단 사신이 머무는 곳인 옥하관(玉河館)에 자리를 정하고는 지친 피로를 풀었다. 너무나도 기나긴 여행길이었다.

"정희 너는 이제 몸을 쉬고 난 후 유리창(琉璃廠) 거리를 구경하며 이곳 학계의 인물들과 사귀도록 해라. 나는 내일부터 황궁에 드나들며 동지부사로서 소임을 다할 것이다. 너는 이제 네 하고자 했던 일에만 충실하도록 해라."

유당은 자식의 성취를 위해 간절한 마음으로 일렀다. 김정희 또한 그런 아버지의 기대에 어긋나지 않게 할 것이었다. 그동안 꿈꿔왔던 연경의 꿈을 모두 이룰 작정이었던 것이다.

유리창 거리는 과연 천하의 보고(寶庫)였다. 천하의 서적들과 학문적 바탕이 될 수 있는 것들이 산처럼 쌓여 있었다. 마음만 먹는다면 얼마든지 자리를 차고앉아 이를 볼 수도 있었다. 조선에서는 볼 수 없는 부러운 광경이었다.

유리창 책방거리는 황궁의 바깥 성에 위치한 자인사(慈仁寺)앞에 늘어서 있었는데 그 끝이 보이지 않을 정도로 길고도 길었다. 오류거, 문수당, 숭구당, 보전당, 영화당, 선월주, 연경당 등 이루 헤아릴 수 없이 많은 책방이 늘어서 있었다.

'스승님의 말씀을 이제야 실감할 수 있겠구나! 이렇게 직접 보고 체험하니 가슴이 훈훈하고 마음이 흡족하여 더 이상 무어라 입을 열 수가 없을 지경이구나.'

더욱 놀라운 것은 그 큰 거리가 사람들 때문에 발 디딜 틈도 없었다는 것이다. 그만큼 연경 사람들은 책과 학문에 관심이 많았다는 이야기다. 그러니 천하의 이름난 학자들이 연경으로 몰려들고 이곳에서 뛰어난 인물들이 끊임없이 나오고 있는 것은 어쩌면 당연한 일이었는지도 모를 일이다.

유리창 거리의 유혹은 김정희의 발목을 잡고 놓아주질 않았다. 어떻게 시간이 흘러가는지도 몰랐다. 책의 바다에서 헤엄치며 처음 보는 진귀한 책과 이름 높은 학자의 서적까지 헤어날 줄을 모르게 했던 것이다.

김정희는 책방거리에서도 가장 큰 오류거와 문수당에서 가장 많은 시간을 보냈다. 그리고 선월주와 연경당 보전당에서 또 시간을 보냈다. 하루 종일 해야 할 일도 잊은 채 서점에서 하루를 보내고 말았던 것이다. 그리고 마침내 아쉬운 마음에 발길을 돌리려 할 때에 이르러서야 비로소 자신이 찾아뵈어야 할 사람을 떠올리고 말았다. 스승인 초정 박제가가 찾아보라고 일렀던 운대 완원과 담계 옹방강이었다.

"이런, 유리창 책방거리에 발목이 잡혀 운대선생을 찾아뵙는 것도 잊고 있었구나. 해가 진 지금 찾아뵙는 것은 실례일 테니 내일 아침에나 일찍 찾아뵙도록 해야겠구나."

김정희는 아쉬운 마음에 유리창 거리를 서성였다. 끝없이 이어진 불빛과 그 불빛 아래 산처럼 쌓여 있는 책들이 김정희의 발길을 유혹하며 잡아

챘기 때문이다.

　어둠이 짙어지자 부산한 사람들의 발걸음으로 유리창 거리는 일대 혼잡을 이루게 되었다. 친구를 부르는 소리와 일행을 찾는 발걸음으로 유리창 거리가 북적거리게 된 것이다. 사람의 물결로 가득해진 거리는 말 그대로 인산인해였다.

　이어 또 다른 불빛이 밝혀지고 늦은 야식을 찾는 사람들로 거리의 한 구석이 또 다른 세상을 만들어놓았다. 거리의 노점상이 불을 밝혀댔던 것이다.

　어디서 나타났는지 유리창 책방거리를 따라 길게 노점상이 펼쳐졌다. 진기한 물건으로부터 다양한 먹을거리까지 없는 것이 없었다. 그저 구경만 하는 것도 즐겁고 흥겨운 일이었다. 책방거리의 서점은 사람을 부르고 사람은 또 장사치를 불러 모았던 것이다. 김정희는 이런 유리창 거리의 활기찬 모습에서 조선에서는 느낄 수 없는 생동감을 보았다. 실로 사람 사는 맛이 나는 곳이었다. 이러니 조선의 선비들이 모두 연경에 가보기를 그토록 원하는 것이 아니었겠는가? 하는 생각을 절로 떠올렸다.

　'과연 사람 사는 맛이 나는 곳이구나. 이렇게 모두 자유롭게 학문을 즐기며 이야기를 나눌 수 있는 곳이 세상천지 어디에 있겠는가? 실로 연경이 아니면 맛볼 수 없는 것이다.'

　그러면서 김정희는 탄식을 흘려댔다.

　'우리 조선에도 이런 거리가 있었다면 얼마나 좋았을꼬. 시회나 갖가지 모임이 있기는 하지만 이처럼 서로 모르는 사람끼리 만나 자유롭게 학문을 이야기할 수 있는 여건이 갖추어진 곳이 없으니 이런 기회를 얻는 것이 그리 쉬운 일은 아니다. 그저 부러울 따름이다.'

김정희는 연경의 여건이 그저 부럽기만 했다. 누구나 학문을 논하고 싶으면 자리를 털고 일어서 유리창거리로 달려 나가면 될 일이었다. 유리창 거리에만 나가면 마음껏 책을 볼 수 있는 것은 물론 학문을 익히고자 하는 사람들과 사귈 수도 있었다. 게다가 마음이 맞는 사람들로 넘쳐났으니 굳이 향교나 성균관이 아니더라도 학문을 논하고 배울 수 있는 기회가 눈앞에 널려 있는 것이나 마찬가지였다. 김정희는 그런 여건을 갖춘 연경이 한없이 부럽기만 했다.

　　밤늦게까지 유리창 거리를 서성인 김정희는 거리가 한산해질 즈음에서야 비로소 옥하관으로 돌아갔다.

3. 운대 완원과 담계 옹방강

스승인 초정의 소개편지를 들고 김정희는 공씨 저택을 찾아갔다. 아침부터 눈보라가 휘날리는 날이었다. 회색빛 하늘에서 굵은 눈보라가 휘몰아치고 있었다. 굵은 눈송이는 마치 하늘에서 나리는 용의 비늘처럼 그렇게 은빛으로 빛나고 있었다. 멀리 황궁을 휘감아 도는 성벽도 온통 흰색 일색이었다.

유리창 거리를 걷는 동안 눈발은 김정희의 어깨와 머리를 하얗게 덮어버렸다. 털어내고 또 털어냈지만 김정희의 몸은 점점 더 하얗게 변해갔다.

공씨 저택에 이르러 굳게 닫힌 문을 두드리자 동자가 달려 나왔다.

"운대 완원선생님을 뵈러 왔느니라."

말을 하고도 김정희는 멋쩍어 주춤했다. 동자가 자신의 말을 알아들을 리 없었기 때문이다. 김정희는 얼른 엎드려 눈 위에 글씨를 썼다. 하지만 이번에도 동자는 알아보지 못했다. 김정희가 난감해하고 있는 사이 동자는 안으로 달려 들어갔고 이어 말끔한 차림의 사내가 나왔다. 이미 김정희가 쓴 글씨는 흰 눈에 묻혀 있었다. 공손히 인사를 올린 김정희는 다시 엎드려 눈 위에 글씨를 썼다.

"저는 조선에서 온 추사 김정희라는 사람입니다. 운대 완원선생님을 뵙고자 왔습니다."

김정희의 글을 본 사내는 밝은 미소와 함께 손짓으로 따라오라며 안으로 안내했다.

넓은 대저택의 정원은 흰 눈에 묻힌 채 소담한 모습으로 김정희를 맞이했다. 대저택의 정원은 김정희의 마음을 따뜻하고 편안하게 해 주었다. 밖의 사나운 눈보라가 대저택에서는 아름다운 풍경으로 바뀌어 보였다. 안과 밖이 이렇게 달랐던 것이다.

사내는 김정희에게 잠시 기다리라는 손짓을 하고는 어디론가 사라졌다. 이어 수수한 여인이 따뜻한 차를 내왔다. 그리고는 이내 공손히 물러갔다. 차림으로 보아 공씨 저택의 하녀인 듯 했다. 김정희는 언 몸을 녹이려 찻잔을 들어 감싸 쥐고는 입으로 가져갔다. 진한 차향이 코끝을 자극했다. 머리까지 맑아지는 듯했다.

'차향이 예사롭지를 않구나.'

김정희가 진한 향을 음미하며 차를 마시고 있는 사이 사라졌던 사내가 다시 모습을 나타냈다. 사내는 종이와 붓을 준비하고는 김정희를 위해 써 내려갔다. 김정희의 가슴이 뛰었다. 혹시나 하는 염려 때문이었다. 운대 완원선생을 뵙지 못하는 것은 아닌가 하는 마음이 일었던 것이다.

"매형께서는 서재에서 쉬고 계십니다. 어제 밤늦게까지 일을 마치시느라 힘드셨기에 일찍 일어나지 못하시는 모양입니다. 곧 나오실 것입니다. 조금만 기다리십시오."

김정희는 황송하다는 듯 얼른 붓을 받아들고는 써내려갔다.

"저는 신경 쓰지 마십시오. 선생님을 뵐 수만 있다면 그것으로 다행입니다. 이곳에서 연경의 차향을 음미하며 천천히 기다리지요."

김정희의 겸손에 사내는 미소를 지으며 가볍게 고개를 숙였다.

"곧 나오실 것입니다."

사내가 붓을 놓자마자 안으로부터 가벼운 발걸음소리와 함께 맑은 목소리가 들려왔다.

"조선의 뛰어난 젊은이여, 그대가 추사인가?"

김정희는 알아들을 수는 없었지만 그가 곧 자신이 그토록 보고자 했던 운대 완원선생이라는 사실을 알 수 있었다. 갸름한 얼굴에 인자한 눈매가 매우 인상적이었다.

김정희는 공손히 허리를 굽혀 인사를 올렸다.

"조선의 추사가 운대 완원선생님께 인사 올립니다."

완원은 추사의 말을 알아듣지는 못했지만 그가 추사임을 곧 알아보았다. 이어 사내는 완원에게 무어라 속삭였다. 아마도 그가 추사라는 사실을 말해주고 있는 듯했다. 사내의 말에 완원은 고개를 끄덕이며 미소를 지었다. 그리고는 손을 들어 사내에게 물러가라는 듯 손짓을 했다. 사내는 공손히 허리를 굽혀 인사하고는 물러갔다. 이어 또 다시 붓을 들어 필담이 시작되었다.

"멀고도 먼 조선 땅에서 오느라 고생이 많았소."

"선생님을 뵙고자 하는 마음에 먼 길도 그리 멀게 느껴지지 않았습니다. 가까운 이웃처럼만 여겨졌습니다."

추사의 말에 완원은 미소를 지으며 흐뭇해했다.

"내 그대의 이야기는 초정으로부터 많이 들었습니다. 그대가 지은 시와 글씨를 보고 꼭 한 번 만나보고 싶었습니다. 그대 같은 훌륭한 젊은이가 우리 청에 없다는 것이 그저 안타까울 뿐입니다."

완원의 칭찬에 추사는 얼른 붓을 들었다.

"작은 땅에 숨어 지내는 이 몸을 어찌 그리도 추켜세우십니까? 제가 생각하기에는 선생님같이 훌륭한 분이 우리 조선에는 없다는 것이 안타까울 따름입니다."

추사의 말에 운대 완원은 껄껄웃음을 터뜨렸다.

"과연 똑똑한 젊은이로고. 나의 말을 그대로 되받아치다니."

추사는 계속해서 붓을 움직였다.

"저는 오늘 이곳 쌍비지관(雙碑之館)에 오면서 선생님을 뵙지 못하면 어쩌나 하는 마음에 얼마나 가슴을 조아렸는지 모른답니다. 다행히 이렇게 만나 뵐 수 있게 되어 정말 다행 중 다행이라 하지 않을 수 없습니다. 이 추사의 복입니다."

추사의 말에 완원은 미소 지었고 밖에는 잠시 멈추었던 눈발이 또 다시 굵게 휘날리기 시작했다. 폭설이었다. 쌍비지관 뜰의 소담스런 나뭇가지들이 온통 하얗게 솜옷을 걸치고 있었다. 간혹 불어 젖히는 거센 바람에 눈 무더기가 우수수 떨어져 내리기도 했다.

"이런 혹독한 날씨에 따뜻하고 편안한 쌍비지관에서 선생님을 뵈오니 더더욱 즐겁기만 합니다."

"멀리에서 왔으니 며칠 묵어가며 쉬도록 하시오. 나도 얼마 지 않아 강남으로 떠나야 한다오. 그동안 우리 조선의 학문과 연경의 학문을 이야기하며 즐거운 한때를 보내보도록 합시다."

완원의 권유에 추사는 기뻤다. 쌍비지관에 머물며 운대선생과 함께 할 것을 생각하니 가슴까지 벅차올랐다. 행운이 함께하고 있음에 틀림없었다.

"그대와 나의 만남은 참으로 운명적이라 하지 않을 수 없습니다. 이 몸은 본디 강남의 항주에 머물고 있었으나 연경에 볼일이 있어 잠시 올라온 것입니다. 그런데 마침 그때 그대가 연경에 와 이렇게 마주 앉게 되었으니 이는 실로 하늘이 맺어준 인연이 아니라면 불가한 일일 것입니다."

완원의 말에 추사도 고개를 끄덕이며 공감을 표했다.

"저도 그래서 하늘에 감사의 마음을 올리고 있는 중입니다. 하늘이 저로 하여금 선생님을 뵐 수 있는 기회를 주셨으니 어찌 감사의 말씀을 올리지 않을 수 있겠습니까? 실로 감사한 일입니다."

추사는 진심으로 하늘에 감사했다. 눈발을 맞으며 얼마나 가슴을 태웠던가? 그리고 얼마나 가슴 벅찬 일이란 말인가? 대학자를 직접 만날 수 있다는 것은 그리 쉬운 일이 아니었다. 더구나 멀고도 먼 조선 땅에서 연경까지 달려와 이렇게 만날 수 있다는 것이 그리 쉬운 일은 아니었다. 하늘이 내려준 행운이 아니라면 그렇게 하기는 어려운 일이었다. 그런데 그런 행운이 자신에게 주어진 것이다. 실로 감개무량한 일이 아닐 수 없었다.

"조선의 학문이 두이(李珥, 李滉) 이후로 눈부신 발전을 거듭하였고 지금에 이르러서는 실사구시와 이용후생이 저절로 일어서기까지 했으니 이는 조선의 학자들이 얼마나 뛰어난 사람들인가 하는 것을 말해주고 있는 것입니다. 실로 작은 땅에서 큰 학문이 일어섰습니다. 내 조선의 많은 학자를 만나보았는데 그들은 모두 하나같이 이 시대의 뛰어난 인물들임이 틀림없었습니다. 연암 박지원과 담헌 홍대용 그리고 그대의 스승이신 초정 박제가를 비롯해 조선의 사검서라 일컬어지는 학자들 모두 이 연경의 대학자라 일컬어지는 사람들과 견주어 조금도 손색이 없는 훌륭한 학자들이었습니다. 이제 그들이 그대 같은 훌륭한 제자를 거두었으니 조선의 앞날이 그저 훤해 보이기만 합니다. 그대의 글씨와 학식으로 보건데 스승과 선배들의 학문을 크게 일으켜 세울 인재임이 틀림없습니다. 이 운대는 그들이 그저 부럽고 또 부러울 따름입니다."

완원의 글이 끝나자 추사가 붓을 움직였다.

"실로 분에 넘치는 과분한 칭찬이십니다. 이 추사는 천하의 대학자이신 운대 선생님으로부터 이런 성찬의 말씀을 들으리라고는 감히 꿈에도 생각지를 못했습니다. 선생님의 얼굴만 뵙는 것으로도 영광이요, 다행이라 생각했거늘 이런 과찬이시라니요. 정말 몸 둘 바를 모를 지경입니다."

추사는 진실로 부끄러웠다. 이룬 것도 없는데 이런 분에 넘치는 칭찬의 말을 듣자니 부끄럽고 당황하기까지 했던 것이다. 그러면서도 내심으로는 기뻤는가 하면 한편으로는 그를 스승으로 모시고자 하는 마음이 일기도 했다. 그가 부럽고 또 부럽다는 말로 속마음을 전해오자 추사도 은근히 기대로 부풀어 올랐던 것이다.

기대는 용기를 불러일으켰고 용기는 추사의 붓을 움직이게 했다. 아름다운 글씨로 자신의 속마음을 드러냈던 것이다.

"선생님께서 이 몸을 제자로 받아주신다면 이 추사는 더 이상 바랄 것이 없을 것입니다. 저야 선생님을 모시고 싶은 마음이 굴뚝같지만 선생님께서 어찌 저같이 어리석은 사람을 제자로 거두어들일까 염려 또 염려하던 중이었습니다."

추사의 글을 본 완원은 얼굴에 환한 빛을 보이며 기뻐했다.

"어리석은 사람이라니요. 그렇지 않습니다. 내 그대를 본 것은 비록 짧은 시간에 불과하지만 사람은 그 드러난 모습에서 모든 것을 읽어 낼 수 있습니다. 내 눈이 아직 그리 어둡지는 않으니 내 본 것이 틀림없을 것입니다. 그대는 분명 천하의 영재임이 틀림없습니다. 이 글씨는 그대의 아버님이신 유당선생의 것과 같은데 힘찬 기운과 아름다움에는 오히려 그것을 앞서고도 남음이 있습니다. 또한 그대의 몸가짐이나 마음가짐에서도 거짓이 없으니 어찌 그렇다 하지 않겠습니까? 이제 이 운대는 그대가 싫지만 않다면 나의 제자로 삼고 싶은데 그대는 어찌 생각하십니까?"

완원의 뜻에 추사는 허리를 굽히고 머리를 숙여 땅바닥에 엎드렸다. 그리고는 제자가 스승에게 갖추어야 할 예의를 갖췄다. 완원은 추사의 예의에 제자가 되기를 자처함을 알고 기쁜 마음으로 추사의 어깨를 감싸 안으며 일으켜 세웠다. 그의 부드러운 미소에서 추사는 한없는 사랑을 느꼈다. 아버지인 유당에게서 느끼지 못한 새로운 사랑이었다.

완원은 추사에게 눈빛으로 자리에 앉기를 권했다. 그리고는 또 다시 붓을 들어 움직였다.

"이제 그대는 나를 스승으로 모시고자 하고 나는 그대를 제자로 거두기로 했으니 그대와 나는 하늘아래 스승과 제자라는 이름으로 함께 하게 되었다. 그 징표로서 이 완원은 그대에게 이 완원의 완자를 물려주어 완당(阮堂)이란 호를 내려주는 바이다. 부디 잘 간직하고 빛내주기를 바란다.”

완원의 말에 추사는 한없이 기뻤다. 완당이란 호까지 받았으니 그 마음이 기쁘기 한량없었던 것이다.

“완당이라? 정말 제게 잘 어울리는 호입니다. 스승님의 훌륭함을 영원히 간직할 수 있는 완당이란 호를 정말로 아끼고 또 아끼도록 하겠습니다.”

완원과 추사는 스승과 제자로서, 중원의 대학자와 변방의 젊은 학자로서 시간 가는 줄도 모르고 필담을 나누었다. 학문의 이치를 묻고 답하며 선비의 나아갈 길과 물러나야 할 길을 서로 묻고 답했던 것이다.

이미 날은 저물고 내리던 눈도 그쳤지만 이들의 필담은 그칠 줄을 몰랐다. 밤이 늦어서야 비로소 필담이 멈추어지고 자리가 정해졌다.

추사는 하루 종일 붓을 움직이며 필담을 나누었지만 피곤한 줄도 몰랐다. 자리에 누워서야 손목이 시큰거리고 어깨가 결림을 깨달았다. 젊은 자신이 그러할 진데 나이 든 완원이야 말해 무엇 하겠는가? 추사는 자신이 스승에게 너무 무례하게 한 것은 아닌가 하고 염려했다.

하지만 그 이튿날도 완원과 추사는 필담으로 학문을 논하며 하루를 시작했다. 아침 일찍부터 탁자에 마주 앉아 주기론과 주리론을 들고 나며 학문을 논했던 것이다.

“세상은 넓고도 크지만 구할 수 없는 것도 많다. 내 주세걸(朱世傑)의 산학계몽(算學啓蒙)이란 책을 구하고자 일찍이 애썼으나 이 넓고도 큰 중원에서 아직 구해보지를 못했단다. 혹시 이다음 조선에 돌아가 그것을 보거든 내게 좀 보내다오."

완원의 말에 추사는 눈빛이 반짝 빛을 발했다. 스승을 위해 자신이 해야
할 일이 생겨났기 때문이다.

"스승님, 그것은 일찍이 조선에서 간행되어 쉽게 구할 수 있는 것입니
다. 어찌 조선을 찾아보지 않으셨는지요?"

추사의 말에 완원은 기쁨이 넘쳐나는 얼굴로 화답했다.

"조선에서 구할 수 있다고? 과연 조선은 학문을 아끼고 즐겨하는 땅이
구나! 내 중원에서 그토록 얻고자 했으나 얻지 못했던 것인데 조선에서 그
토록 널리 읽히고 있었다니. 실로 놀랍고도 대단한 일이구나. 조선의 인물
들이 하나같이 뛰어나다 했는데 그것이 그냥 얻어진 것은 아니었구나."

완원은 기쁘고도 기뻤다. 그토록 얻고자 했던 것을 이제야 손에 넣을 수
있게 되었으니 그 기쁨이야말로 다 표현할 수 없었던 것이다.

"어제는 내 하도 기쁘고 정신이 없어 네게 대접을 제대로 못했구나. 오
늘은 네게 용단승설을 대접해야겠다."

운대 선생이 말을 마치기 무섭게 단정한 차림의 여시종이 찻잔과 다기
를 내어왔다. 운대선생은 찻물이 끓고 있는 주전자를 들어 옷소매를 살며
시 치켜들고는 찻물을 따랐다. 모락모락 피어오르는 끓는 물이 마치 한 마
리 봉황이 찻잔에서 솟아오르는 듯했다. 그 따스한 기운이 찬 쌍비지관을
녹이고 있었다.

"이것이 용단승설이다. 차 중에 최고의 상품으로 치는 것이지. 승설이
란 단차에 용무늬를 입힌 것이다."

운대 완원은 용단승설을 들어 추사에게 내밀었다. 추사는 말로만 듣던

용단승설을 공손히 받아들어 이리저리 살펴보았다. 과연 명품답게 마른 차에서도 차향이 은은히 배어 나왔다.

"이 용단승설은 너도 들은 적이 있을지 모르겠다만 찻잎을 솥에 넣고 찐 다음 절구로 빻아 다식판에 박아 만든 것이다. 그런 연후에 그늘에 잘 말린 다음 이렇게 용무늬나 봉황의 무늬를 찍어내어 만들어내지. 봉황의 무늬는 주로 귀족들이나 높은 관리들이 마시는 것이고 이런 용무늬는 황실이나 왕실에서 마시는 것이다. 이것은 지난 번 황제께서 내게 내려주신 아주 진귀한 것이다."

완원의 말에 추사는 그저 황홀할 뿐이었다.

"그런 진귀한 차를 저에게 내리시다니요?"

"너는 이제 나의 성(性)을 딴 호를 얻어 제자가 되었으니 몸은 나와 다르나 그 마음은 하나나 마찬가지이다. 맑은 정신으로 한 곳을 바라보며 학문을 논하고 세상사를 이야기하는 처지가 되었으니 이런 용단승설쯤이야 대수이겠느냐?"

완원의 말에 추사는 더욱 몸 둘 바를 몰랐다. 자신과 완원의 사이가 이토록 가깝게 될 수 있었다는 것이 차마 꿈만 같았기 때문이다.

"이 완당은 스승님의 은혜에 기필코 보답하는 제자가 되겠습니다."

"그리해야 한다. 학문을 갈고 닦아 세상을 구할 인물이 되어 네가 세상에 이름을 빛낸다면 이 운대의 이름 또한 빛나는 것이니 반드시 그리하도록 해라. 내가 가지고 있는 책과 자료는 너를 위해 아끼지 않을 것이다. 필요한 것이 있다면 언제든지 말하도록 해라. 조선에 돌아가서도 연락만 주면 내 조선에 들어가는 사람에게 부탁해 보내주도록 하마."

완원의 말에 추사는 더욱 어깨가 무거워지는 것을 느꼈다.

끓는 물에 용단승설을 넣자 이내 맑은 차 향기가 쌍비지관을 휩쌌다. 추사는 차향에 취해 머리가 맑아지는 것을 느꼈다.

"과연 천하의 명품입니다."

"이러니 모두 용단승설 한 번 마셔보기를 꿈과 같이 하는 것이다."

추사는 조심스레 소매를 젖히며 찻잔을 들었다. 은은하면서도 짙은 차향이 이내 코를 적시며 스며들었다. 맑은 기운으로 가득해진 추사는 마치 선계에 든 것과 같은 착각에 빠져들고 말았다. 이어 찻잔을 들어 입가로 가져갔다. 따스한 찻물이 입술을 적시고 혀를 감싸며 목을 축이자 맑은 차향이 이내 온 몸으로 퍼져 나갔다. 은은한 단맛과 쌉싸래한 뒷맛이 실로 천하의 명품이었다. 보물이 따로 없었다. 지금까지 마셔본 차 중에서 이처럼 맑고 청아한 것은 처음이었다. 과연 황제가 마신다는 용단승설다웠다.

"보소재의 담계 옹방강은 이 운대와는 비교도 할 수 없을 정도로 학문의 수준이 높은 것은 물론 수많은 글씨와 그림을 비롯한 자료까지 갖추고 있다. 석묵서루에 무려 팔만 점에 이르는 자료가 있으니 이는 천하의 보고라 불리기도 한다. 그가 나와 같은 뜻을 가지고 있어 천하의 영재를 얻기를 마치 유비가 제갈량을 구하듯 하니 네가 반드시 모셔야 할 스승이기도 하다."

운대 완원의 말에 추사는 기쁘지 않을 수 없었다. 추사는 찻잔을 입에서 떼며 운대 완원을 바라보았다. 완원의 눈가는 진지함으로 가득했다.

"누가 되었든 천하의 학문을 널리 밝혀 세상을 구하고 바른길로 인도하는 것이 우리 학문하는 사람들의 도리이다. 네가 내 제자가 되었건 초정의 제자가 되었건 그것이 중요한 것은 아니다. 네가 세상을 구할 큰 학문을 일으켜 세울 수만 있다면 누구의 제자인가 하는 것은 그리 중요한 것이 아니란 말이다. 그러니 보소재를 찾아가 그의 제자가 되기를 간청해 그의 수많은 자료를 얻도록 해라. 내 연경을 떠나기 전에 너와 담계를 맺어주어 이번 발걸음의 가장 큰 보람으로 삼을 것이다."

완원의 말에 추사는 감동하지 않을 수 없었다. 그리고 다시 한 번 연경의 열린 생각에 부러움을 갖지 않을 수 없었다. 조선에서는 스승도 가려 모셔야 했다. 이익에 따라 줄을 서고 편을 가르는 인심이 그저 안타까울 뿐이었다. 학문의 방향에 따라 스승을 달리 모셔야 했고 권력에 따라 눈치를 보아야 했다. 그러니 진정한 학문을 하고자 하는 젊은이들도 여기저기 눈치를 보아가며 자리를 가려서야 했다.

"스승님의 기대에 미치지 못할까 그저 염려될 뿐입니다."

추사의 염려에 완원은 껄껄웃음으로 맞받았다.

"어찌 염려부터 하느냐? 너의 영민함이라면 능히 조선과 청의 학문을 아우를 수 있을 것이다. 세상의 학문이라는 것이 어디 하늘에서 뚝 하고 떨어져 내린 것이라더냐? 모두 한 뿌리에서 나와 갈라진 것이고 자란 것이다. 옛 성현의 말씀을 따르고 이를 실천하는 일이 첫 학문의 길이요. 이를 세상 사람들에게 널리 알려 세상을 구하는 것이 그 마지막이다. 첫걸음은 자신의 안에서 일어나는 일이요 그 마지막 길은 바깥에서 일어나는 일이니 그 첫걸음은 쉬우나 그 마지막은 어렵다. 그 어려운 길은 누구 혼자의 힘으로 되는 것이 아니다. 모든 학자가 나서 힘을 모으고 머리를 맞대어야 가능한 일이다. 그러니 그 일을 함에 청과 조선이 다를 게 무엇이더냐? 모두 하나가 되어야 한다. 부지런히 갈고 닦아 그 길을 열어야 한다. 이미 조선에서 백성을 구하기 위한 북학(北學)이 일어섰고 이 중원에서는 고증학(考證學)이 일어섰지 않느냐? 이러한 학문의 끊임없는 교류가 어려움을 이겨내게 할 것이고 세상을 구하게 될 것이다. 그 맨 앞에 완당 네가 서야 할 것이다."

완원의 진지한 말에 추사는 숙연해지기까지 했다.

"내 담계에게 사람을 보내 연락을 해 놓을 것이다. 내일은 일찍 보소재를 찾아가 보거라."

완원의 말에 추사는 거듭 허리를 굽혀 감사의 인사를 올렸다.

"너무 예의를 갖출 것 없다. 너의 성취가 이 완원의 바람이고 담계의 바람이 될 것이니 예의는 아껴두었다가 성취를 이룬 후에 갖추도록 해라."

이미 용단승설은 식어 있었다. 맑은 향기만이 싸늘하게 맴돌고 있었던 것이다.

"이런, 너무 이야기를 나누다 그만 용단승설이 식고 말았구나. 자! 다시 받도록 해라."

완원은 차를 따랐고 추사는 다시 따뜻한 용단승설을 맛보았다. 실로 진귀하고도 소중한 맛이었다. 용단승설의 청아한 향기가 쌍비지관에 맴도는 가운데 완원의 이야기는 계속되었다.

"내 양주(揚州)에 있는 서재의 이름이 연경실(揅經室)이다. 이 연경실을 따 새로운 시문집(詩文集)을 연경실집이라 했는데 아직 완성되지는 않았다."

완원의 말에 추사는 호기심 가득한 얼굴로 스승의 얼굴을 바라보았다.

"아직 손을 더 보아야 할 것이나 너와의 만남이 그리 길지 못한 관계로 내 그것 중 한 권을 너에게 주도록 하마. 한번 읽어보고 느껴보도록 해라. 이는 내가 심혈을 기울여 쓴 문집으로 가장 아끼는 것이다."

완원은 말을 마치자 자리를 일어서 서가에 꽂힌 책 중에 한 권을 빼들었다. 그리고는 자리에 앉으며 추사에게 건넸다.

추사가 책을 받아 펼쳐 보자 책에는 완원이 직접 쓰고 고친 흔적이 그대로 남아 있었다. 실로 귀중한 책이었다. 완성되지도 않은 책을 추사에게 건넨 것은 그만큼 완원의 추사에 대한 마음이 특별하다는 것을 말해주는 것이었다. 어떻게든 제자에게 자신의 흔적이 담긴 책을 건네고픈 마음이 간절했던 것이다.

"천천히 읽어보고 느낌이 있거든 그때 몇 자 적어두도록 해라."

추사는 완원의 배려도 감당하기 어려운 일인데 깊은 사랑까지 함께 베풀어주니 그저 황송하고 또 황송할 따름이었다.

"스승님의 깊고도 넘치는 은혜를 어찌 다 갚을 수 있을는지요? 이 제자는 바다와도 같이 넓으신 스승님의 은혜에 그저 몸 둘 바를 모를 따름입니다."

추사는 몇 번이고 허리를 굽혀 스승인 운대 완원의 은혜에 감사해 했다.

"글씨를 연구하고 서법을 익히려거든 먼저 금석학을 배우는 것이 순서이다. 그러니 부지런히 금석을 연구하도록 해라. 내 너에게 담계선생을 소개하는 것도 다 그런 연유에서이니라. 알겠느냐?"

완원의 말에 추사는 다시 한 번 허리를 굽혀 정중히 답했다.

"스승님의 말씀 가슴속에 깊이 새겨 반드시 깨우침으로써 보답하도록 하겠습니다."

운대 완원과 추사는 학문에 대한 깊은 이야기로 밤이 늦어지는 것도 까맣게 잊고 있었다. 쌍비지관 처마 끝에 매달린 긴 고드름만이 혹한의 밤이 깊어 가고 있음을 말해주고 있었다.

완원의 쌍비지관에서 사흘을 머문 추사는 마침내 작별을 고하지 않을 수 없었다. 운대 완원이 강남으로 돌아갈 준비를 서둘러야 했기 때문이다.

아쉬운 작별을 나눈 스승과 제자는 서로의 마음을 가슴 깊이 간직한 채 이별을 나누었다. 떠나는 추사를 두고 쌍비지관 앞에 선 운대 완원은 사랑하는 제자의 모습이 멀리 버드나무 가지에 가려 보이지 않을 때까지 서서 묵묵히 바라보았다. 추사는 더 이상 스승의 모습이 보이지 않을 즈음에서야 몸을 돌이켜 허리를 깊숙이 숙였다. 그런 제자의 모습을 본 완원은 손을 들어 마지막 작별을 표했다.

이튿날 추사는 또다시 담계 옹방강을 찾아 나섰다. 실로 바쁜 나날이었다. 연경에 온 첫날 유리창 책방거리에서 서성인 것을 제외하고는 매일같이 연경의 학자들을 만나고 사귀느라 정신이 없었다. 이제 연경 최고의 학자이자 이 시대 최고의 학자라 일컬어지는 담계 옹방강을 만날 차례였다. 그는 이미 운대 완원이 소개장을 써서 보냈기에 추사가 올 것을 알고 있었다.

담계 옹방강 또한 조선의 영민한 젊은이를 마치 목이 마른 자가 물을 찾듯이 애타게 기다리고 있었다. 그도 이미 초정을 비롯한 조선의 사검서를 통해 그의 이름을 익히 들어 알고 있었다. 게다가 운대 완원조차도 입에 침이 마르도록 칭찬을 해대고 있으니 궁금하기 짝이 없었다.

마침내 추사는 담계 옹방강의 보소재(寶蘇齋)에 당도했다. 보소재는 청의 대학자가 사는 곳답게 규모가 크고도 웅장했다. 높고 긴 담장이 둘러쳐져 있었고 그 위로 웅장한 누각이 날렵한 처마를 드러내고 있었다. 무게 있게 앉아 있는 보소재의 묵직함에서 과연 대국의 풍모를 충분히 느낄 수 있었다. 황궁의 거대함과 화려함에는 미치지 못했으나 조선에서는 보기 어려운 것이었다.

이미 문 앞에는 보소재의 사람이 나와 기다리고 있었다. 젊은 그는 추사 또래였다.

"조선에서 오신 추사 김정희 선생이십니까?"

서툰 조선말로 물어오는 사내에 추사는 깜짝 놀랐다. 생각지 못한 상황이었기 때문이다.

"그렇습니다."

추사는 우선 허리를 굽혀 응대했다.

"저희 아버님께서 기다리신지 오래입니다. 저는 보소재의 막내 성원(星原) 옹수곤(翁樹崑)이라 합니다."

옹수곤이란 말에 추사는 반갑게 알은 체를 했다.

"아! 존함은 익히 들어 알고 있었습니다. 반갑습니다. 이 추사는 담계선생님과 함께 영민하신 두 자제분을 뵙기를 간절히 바랐었습니다. 오늘 이렇게 그 소원을 이루게 되었으니 기쁘기 한량없습니다."

추사의 겸손에 성원 옹수곤도 겸양으로 맞대응했다.

"별말씀을 다 하십니다. 아버님과 형님이야 그렇다 하더라도 저와 같이 모자란 사람은 그런 말씀을 들을 처지가 못 됩니다."

"그건 지나치신 겸손이십니다. 성원 옹수곤하면 제가 살고 있는 먼 땅 조선에서도 그 이름이 자자한데 어찌 그리 말씀하십니까?"

추사의 말에 성원 옹수곤이 놀란 얼굴로 되물었다.

"그 말씀이 정말입니까? 조선에서도 이 성원의 이름을 알고 있단 말씀이 정말이란 말입니까?"

"알다마다요. 조선에서 책을 읽고 학문을 한다는 사람들 사이에서는 연경의 옹씨 삼부자를 모르는 사람이 없습니다. 그 중 담계 선생님의 막내아들이신 성원 옹수곤하면 그 글씨가 뛰어나 누구나 그 분의 글씨 한 점 갖기를 원하고 있는 형편입니다. 어찌 모른다 하겠습니까?"

추사의 말에 옹수곤의 낯 빛이 밝아지며 환한 미소가 피어올랐다.

"드시지요. 아버님께서 기다리고 계십니다."

성원 옹수곤의 안내에 따라 추사는 보소재로 발을 들여놓았다. 높은 담장에 가려 보이지 않던 보소재의 모습이 비로소 한 눈에 펼쳐졌다. 연경의 대저택이나 장원들이 그러하듯 보소재 역시 아름다운 정원과 건물들로 황홀할 지경이었다. 완원이 거처하던 공씨 저택의 쌍비지관과는 또 다른 모습이었다. 쌍비지관이 학자의 분위기에 어울리는 담백한 맛이 풍긴다면 보소재는 화려하면서도 웅장한 맛이 묻어나고 있었다.

커다란 정원에 운치 있는 나무와 바위들, 엊그제 내린 폭설에 묻혀 정원의 화려함이 감추어져 있기는 했으나 그 아름다움은 여전히 보이지 않게 드러나고 있었다. 게다가 화려한 누각과 누대들이 보소재의 아름다움을 그대로 드러내고 있었다. 살짝 들린 날렵한 처마와 정교한 조각들이 보는 이로 하여금 화려함의 극치를 맛보게 했다. 황궁의 화려함에야 미치지 못했지만 사대부의 저택으로서는 최고의 호화로움이었다.

추사의 눈이 연경의 부유함과 호화로움에 사로잡힌 채 두리번거리고 있을 때, 어느새 그의 발길은 보소재 앞에 다다라 있었다. 머리 위로 보소재란 현판이 보였던 것이다.

보소재란 현판의 글씨는 웅장하면서도 힘 있고 힘에 넘치면서도 부드럽기 그지없는 글씨였다. 바로 옹방강체였다. 추사가 홀린 듯 보소재 석 자를 올려다보고 있을 때 문이 열리며 반가운 목소리로 누군가를 맞이하는 소리가 들려왔다. 알아들을 수는 없었으나 추사는 그것이 자신을 맞이하는 소리라는 것을 알 수 있었다.

추사의 앞에 약간 살집이 오른 복스러운 노인이 서 있었다. 담계 옹방강이었다. 그토록 보고자 하며 꿈속에서나 그리던 연경의 대학자였다. 추사는 곧바로 땅에 엎드려 큰절을 올렸다.

"조선의 추사가 선생님께 인사 올립니다."

추사의 큰 절에 당황한 옹방강은 얼른 나서며 추사의 어깨를 부축해 일으켰다.

"초면에 이 무슨 난감한 일이란 말인가? 어서 일어서시게."

담계의 말을 성원이 나서 추사에게 전해주었다.

"천하의 대학자이신 선생님을 스승으로 모시고자 합니다. 부디 허락하여 주십시오."

추사의 말을 전해 들은 담계 옹방강은 고개를 끄덕이며 소매를 잡아 이끌었다.

"우선 들어가서 이야기를 나누도록 하시게. 자네 같은 천하의 영재를 제자로 맞이할 수 있다면 그 또한 이 늙은이의 영광이 아니겠는가?"

성원으로부터 담계의 말을 전해들은 추사는 얼굴에 화색이 돌았다. 기쁘고도 또 기쁜 일이었기 때문이다.

안으로 든 세 사람은 탁자를 마주하고 자리에 앉았다. 성원은 곧 차를 내오고 따뜻한 차는 언 몸을 온기로 녹여주었다.

옹방강은 자애로운 미소와 함께 탁자 위에 놓여 있던 편지를 추사에게 건넸다. 완원이 보낸 것이었다. 추사의 인물됨과 칭찬을 적은 편지였다. 추사를 담계에게 소개하는 편지였던 것이다. 게다가 완원의 편지에는 추사를 제자로 맞이하는 것이 어떠냐는 내용도 들어 있었다. 추사는 감격하지 않을 수 없었다. 물론 이미 그렇게 하겠다던 이야기를 들은 추사이기는 하지만 막상 편지를 직접 읽고 나자 고마움과 감사로 어찌할 바를 몰랐다.

"그대의 인물됨을 이토록 칭찬하고 영명함을 높이 사니 이 담계도 궁금하기 그지없었네. 물론 전에도 연경을 드나드는 조선의 학자들로부터 추사라는 높은 이름을 듣기는 했지만 막상 눈앞에서 확인한 사람의 이야기까지 들으니 이 담계도 꼭 한번 만나봤으면 하는 마음이 절로 생겨났다네. 그리고 이렇게 마주 앉아 보니 과연 소문이 헛된 것은 아니었네."

옹방강은 맑은 차를 한 모금 입술에 적시고는 다시 말을 이었다.

"내 고증학과 금석학에 있어서는 연경의 사람들 중 그래도 뛰어나다는 소리를 듣고는 있지만 아직 그 성취에 있어서는 멀기만 하다네. 허나 그대가 나를 스승으로 모시고 나의 학문을 배우고자 한다면 어찌 마다하겠는가?"

성원의 설명에 추사는 자리를 일어서 다시 한 번 공손히 큰절을 올렸다.

"모자란 이 몸을 제자로 거두어주시니 그 감사한 말씀을 어떻게 다 올릴 수 있겠습니까? 반드시 선생님의 학문을 이어 빛내도록 하겠습니다."

추사가 결연한 의지가 담긴 말을 마치자 담계 옹방강은 자리를 일어서 추사를 일으켜 세웠다.

다시 자리에 마주하고 앉은 세 사람은 서로의 뜻을 확인하며 학문의 깊이를 가늠해보았다. 과연 담계 옹방강은 추사가 생각했던 것 이상의 훌륭한 대학자였다. 그의 학문에 대한 이치는 산을 넘고 바다를 건널 만한 것이었다.

탁자를 사이에 두고 세 사람은 새로운 학문에 대한 이야기로 꽃을 피웠다. 이르게 피어난 난 꽃 한 줄기가 추운 계절에 더욱 돋보였다.

"난(蘭)의 향기가 보소재에 잘 어울립니다."

"송매(宋梅)라 이르는 것입니다. 소흥(紹興)의 송금선(宋錦旋)이라는 사람이 기른 것으로 춘란 사천왕 중의 하나이지요. 그 품격과 향기에 있어 최고라 일컬어지고 있습니다. 가히 명품 중의 명품이지요."

성원이 나서 춘란 송매에 대해 설명을 해 주었다. 추사는 고개를 끄덕이며 송매의 아름다운 자태에 그만 넋을 잃고 말았다.

"자고로 난이 사랑받는 것은 그 청아한 향기도 향기지만 그 자태에 있어 수려함과 빼어남이 있기 때문이다. 그 수려함과 빼어남이란 바로 책을 읽고 학문을 하는 사람의 가슴 속에 품어야 할 지조와 절개를 말함이지. 그러니 늘 난을 가까이하고 사랑하여 그 기품을 즐기고 고아한 정신을 배우도록 해라. 네게 있어 큰 도움이 될 것이다."

"예, 스승님."

추사는 문득 담계의 글씨를 흉내 내어 써 보고 싶었다.

"스승님, 외람되나 스승님의 글씨를 흉내 내어 써보고 싶습니다."

추사의 말에 담계는 고개를 끄덕였다.

"그래, 한 번 써 보거라. 저 송창석정(松窓石鼎) 대련(對聯)을 써 보거라."
담계의 말에 추사는 벽에 걸린 송창석정 대련을 유심히 살펴보았다. 그리고는 붓을 움직여 스승의 글씨를 흉내 냈다. 무게가 있는 가운데 발랄한 글씨가 종이 위에 살아나기 시작했다. 강하면서도 부드럽고 부드러우면서도 힘 있는, 어디 한 군데 막힌 곳이 없는 아름다운 글씨였다.

松窓露湆端溪硯(송창로읍단계연)
石鼎雲霏願渚香(석정운비원저향)
'소나무 있는 창에 이슬내리니 단계연이 촉촉이 젖고, 돌솥에서 구름이 오르니 좋은 차의 향내가 절로 풍기는구나.'

붓을 든 추사의 이마에 땀방울이 송골송골 맺혀 있었다. 입에서는 긴 한숨이 새어나왔다. 그만큼 힘겹고 어려운 작업이었다.
"스승님의 필체에 동기창의 필법을 더하여 쓰려 했으나 미치지 못했습니다. 부끄럽습니다."
성원은 입을 벌린 채 말을 잊었고 담계 옹방강도 놀란 눈을 감추지 못했다.
"대단하구나! 단번에 나의 필체를 흉내 내다니. 가히 천하의 영재로다."
담계는 몇 번이나 추사의 글씨를 내려다보다가는 입을 열었다.
"하지만 모방은 앞설 수 없다. 너만의 글씨를 가져야 한다. 내 너의 동체를 보고 아쉽다고 했던 것은 너의 글씨가 아니라 동기창의 글씨였기 때문이다. 무릇 세상의 최고가 되기 위해서는 맨 앞에 홀로 서 있어야 한다.

누구의 뒤에서 따라가는 것은 언제나 버금일 수밖에 없다. 으뜸이 되기에는 어려운 일이지. 허나 그 으뜸은 그냥 생겨나는 것이 아니다. 반드시 앞선 것이 있었기에 가능한 것이지. 사람들이 나의 글씨를 보고 옹방강체라 이르는데 이는 동기창이나 소동파, 왕희지가 있었기에 가능한 일이었다. 너만의 서체를 완성하기 위해서는 반드시 앞선 사람들의 도움이 필요하다. 수많은 글씨를 보고 느끼고 써야 한다. 지금 이 송창석정 대련도 대단한 것이기는 하지만 아쉬운 것은 여전히 너의 글씨가 아니라는 것이다. 이것은 네가 쓴 것이지만 어찌 너의 글씨가 될 수 있겠느냐? 너의 말대로 나와 동기창을 흉내 낸 것에 불과할 뿐이다. 그렇지 않느냐?"

담계의 말에 추사는 고개를 끄덕이지 않을 수 없었다.

"그렇습니다. 스승님의 말씀 가슴에 꼭 새기도록 하겠습니다."

추사는 커다란 깨달음을 얻었다. 담계 옹방강을 만난 지 하루가 채 안 되었지만 그 배운 바는 실로 엄청난 것이었다.

"안목을 넓히기 위해서는 많은 글씨와 글을 보는 것보다 나은 것이 없다. 내 석묵서루(石墨書樓)에 수많은 글씨와 그림을 모아 놓은 것도 모두 다 그런 이유에서다. 스승으로부터 가르침을 받는 것도 중요하지만 보고 배우는 것만큼 중요한 배움도 없단다. 내 옹방강체를 만들어내고 한송불분론(漢宋不分論)을 주장할 수 있었던 것도 모두 다 그런 보고 배움에 있었다."

"그것이 바로 실증의 효험이란 말씀이시군요."

"그렇지. 직접 보고 듣고 느끼는 것이 중요한 이유다. 왕희지와 소동파의 진필을 보고 난 연후라야 그들의 글씨를 느낄 수 있고 그런 연후라야

만이 나만의 것을 만들어 낼 수 있는 것이다."

담계 옹방강의 말에 추사는 고개를 끄덕였다.

"너는 이미 아버님이신 유당선생과 스승인 초정으로부터 기본을 익혔다. 동기창체를 바탕으로 한 그들의 글씨를 익혔으니 이처럼 기름지고 유려하며 웅장한 글씨를 써낼 수 있는 것이다."

담계 옹방강은 잠시 쉬었다가 다시 말을 이었다.

"석묵서루에 있는 글씨와 그림들을 보고 나면 너의 배움에 있어 큰 도움을 얻을 수 있을 것이다. 가서 보고 배움을 얻도록 해라."

말을 마친 옹방강은 고개를 돌려 아들인 성원을 바라보았다.

"수곤아! 너는 추사로 하여금 석묵서루를 볼 수 있게 해 주어라."

담계 옹방강은 성원 옹수곤으로 하여금 추사를 석묵서루로 안내하게 했다. 성원 옹수곤은 공손히 허리를 굽혀 답하고는 자리를 일어섰다.

성원의 안내로 추사는 석묵서루를 보게 되었다. 그 말로만 듣던 석묵서루를 직접 보게 된 것이다.

석묵서루는 과연 대단했다. 수많은 글씨와 그림들이 산같이 쌓여 있었다. 어느 것 하나 추사의 눈길을 사로잡지 않는 것이 없었다. 무엇을 먼저 보아야 할 지 모를 지경이었다.

왕희지의 진필을 비롯해 구양수, 소동파, 미불의 글씨, 게다가 고개지와 황정견을 비롯한 오도자와 조맹견의 그림까지 정말로 귀하지 않은 것이 없었다.

"실로 대단합니다. 이 진귀한 것들을 이렇게 한 곳에 모아 놓다니."

추사의 감탄에 성원은 빙긋이 웃으며 답했다.

"아버님의 학문에 대한 열의가 이렇게 하신 것입니다. 제 아버님이라서가 아니라 정말로 대단하신 분이십니다. 매일 같이 이 글씨와 그림들에 묻혀 새로운 학문의 길을 열어가고 계십니다. 곁에서 모시고 있는 제가 그저 부끄러울 따름입니다."

성원의 말에도 추사는 들었는지 못 들었는지 그저 산처럼 쌓여 있는 글씨와 그림에서 눈을 떼지 못했다.

"저것이 바로 왕휘지의 진필이로군!"

추사는 혼잣말로 중얼거리고는 왕휘지의 글씨를 향해 다가갔다. 왕휘지는 왕희지의 아들이었다. 마치 물이 흐르고 구름이 흘러가는 듯한 글씨였다.

山陰乘興(산음승흥)

乘興而行(승흥이행)

興盡而返(흥진이반)

何必見戴(하필견대)

'그늘진 산 북쪽에서 흥(興)이 일어 발길을 옮겼으나 돌연히 흥이 사라져 다시 발길을 돌리고 말았네. 흥이 다했으니 굳이 만날 것까지야 있겠는가?'

이 산음승흥은 왕휘지의 이야기였다.

어느 추운 겨울날, 왕휘지는 글씨 쓰기에 여념이 없었다. 문득 창밖을 보니 굵은 눈발이 소담스럽게 내리고 있는 것이 아닌가? 왕휘지는 굵은 눈발을 보자 문득 벗 대안도(戴安道)가 그리워졌다. 오랜만에 벗을 만나 즐기고 싶어졌던 것이다. 이에 왕휘지는 붓을 내려놓고는 나루터로 나갔다. 그리고는 노를 저어 벗이 있는 강 건너로 향했다.

벗의 집 앞에 당도하자 그렇게도 소담스럽게 내리던 눈발이 그치고 말았다. 그러자 갑자기 흥이 사라지며 벗을 만나고픈 마음도 눈 녹듯 사라져 버리고 마는 것이 아닌가? 이에 왕휘지는 다시 발길을 돌려 돌아오고 말았다. 남들이 의아해하며 묻자 왕휘지는 이 산음승흥으로 답했다는 것이다.

"과연 왕휘지로다! 과연 왕휘지로다."

추사는 왕휘지를 연발하며 감탄의 소리를 자아냈다. 성원은 그런 추사를 방해하지 않고 그냥 놔두었다. 옆에서 간섭 한다면 그의 흥을 깨뜨릴 것만 같았기 때문이다. 추사는 한참을 서서 왕휘지의 글씨를 감상했다. 그리고는 발길을 옮겨 구양순의 행서인 장한첩(張翰帖)과 미불 그리고 소동파의 글씨도 감상했다. 고개지의 풍속화와 왕미의 그림까지 말로만 듣던, 그야말로 꿈같은 현실에 추사는 입을 다물 수가 없었다. 한참을 그렇게 서성이던 추사는 비로소 자신이 석묵서루에 서 있다는 것을 깨달았는지 그제야 고개를 돌려 성원을 바라보았다.

"이 많은 진귀한 것들을 어찌 다 얻으셨는지요?"

추사는 놀라움이 가시지 않은 얼굴로 다시 한 번 물었다. 이에 성원은 웃음을 머금으며 답했다.

"말씀드린 대로 이 모두 아버님의 열정과 열의의 결과물들이지요. 아마도 우리 형제들보다도 더 아끼고 사랑하시는 것들일 것입니다. 아버님 학문의 모태이자 결정체라고 해도 과언이 아니니까요."

성원의 대답에 추사는 고개를 끄덕였다.

"그렇겠습니다. 그렇지 않고서야 이런 진귀한 것들을 이처럼 많이 모으실 수 있었겠습니까? 대단하십니다. 더구나 그처럼 소중한 것들을 이 몸에게 볼 수 있는 기회를 주시다니 실로 감사하고 또 감사할 따름입니다."

추사는 진심으로 감사해 하며 글씨와 그림들을 감상했다.

"이곳에 있는 것들은 모두 팔만여 점에 이릅니다. 유리창 책방거리에 있는 어느 서점보다도 더 많은 서화를 보유하고 있는 셈이지요."

성원의 말에 추사는 고개를 끄덕이며 또다시 발길을 옮겼다. 어디에 먼저 눈을 두어야 할지 모를 지경이었다. 성원은 조용히 추사의 뒤를 따랐다. 추사는 높은 천장에까지 닿은 서적의 탑을 올려다보느라 목이 다 뻐근할 지경이었다. 유려한 초서와 수려한 해서, 그리고 아름다운 색채의 화폭까지 어느 것 하나 소홀히 볼 수 없는 것들이었다.

추사는 석묵서루에서 시간 가는 줄도 모르고 서화에 빠져있었다. 그리고 마침내 어둠에 휩싸이며 불이 밝혀지자 그제야 비로소 자신의 위치를 깨달았다.

"이런! 석묵서루에 빠져 그만 시간 가는 줄도 모르고 있었습니다. 하루 종일 이렇게 제 뒤에 서 계시게 하다니 이 추사의 염치없음입니다."

추사의 미안함과 염치없음에 대해 성원은 손사래를 쳐대며 맞받았다.

"아닙니다. 추사 그대 덕에 나도 다시 한 번 아버님의 석묵서루에 대한 훌륭함을 되새기게 되었습니다. 물고기가 물의 고마움을 잊고 있듯 매일 같이 이 속에 묻혀 그 훌륭함을 잊고 있었는데 그대의 감탄에 이 성원도 다시 석묵서루의 훌륭함을 느끼게 되었습니다. 진실로 고마운 것은 저입니다."

성원과 추사는 서로에 대한 감사의 말로 석묵서루를 훈훈하게 덥혔다. 밖의 차가운 날씨와는 다른 훈훈함이었다.

추사는 담계 옹방강의 보소재와 석묵서루에서 며칠 간 머물며 학문을 배우고 견문을 넓혔다.

이후에도 옥하관과 보소재를 오가며 스승인 담계 옹방강으로부터 고증학과 금석학을 익히고 배웠다. 그럴 뿐만 아니라 보소재를 드나들던 수많은 연경의 학자들과도 사귀게 되었다. 조강, 서송, 이정원, 주학년, 이임송 등이 바로 그들이다.

4. 사실에 의거해 사물의 진리를 밝히다.

"무학대사비(無學大師碑)라?"

"그렇습니다."

"저쪽으로 오르면 비봉(碑峰)이오. 그곳에 도선국사비(道詵國師碑)라고도 하고 무학대사비(無學大師碑)라고도 하는 비석이 있기는 한데 그 험한 곳에는 어쩐 일로 가시려 하오?"

"예, 그것이 무학대사비인지 아니면 도선국사비인지 그도 아니면 다른 어떠한 비인지 확인해 보고자 함입니다."

"젊은 선비가 별 쓸데없는데 그리 신경을 쓰고 다니는가, 그것은 알아 무엇하려하오? 글 한 줄이라도 더 읽어야 할 때에 그딴 것에나 신경 쓰고 다니다니. 쯧쯧."

젊은이의 물음에 노인은 혀까지 끌끌 차대며 나무랐다. 그러자 주모가 국밥을 내오며 한 마디 더 거들었다.

"이보시오, 젊은 선비님. 가시는 것은 말리지 않겠지만 조심해야 할 것이오. 엊그제도 저 북한산 초입에 호랑이 울음소리가 끊이지 않아 사람들이 얼씬도 하지 못했다오. 비봉이라면 이곳에서 하루는 족히 걸려야 다녀올 거리인데 그 사이 누가 아오?"

멀건 국물에 만 국밥 한 그릇과 흐린 막걸리 한 잔을 놓고 돌아서는 주모의 피곤함에서 백성의 고단한 삶을 읽을 수 있었다. 하지만 염려로 가득한 그녀의 얼굴에서 젊은이는 인심과 배려를 느낄 수 있었다. 젊은이는 웃음 띤 얼굴로 이들의 말을 가볍게 받았다.

"알겠습니다. 조심하도록 하지요."

말을 마친 젊은이는 서둘러 그릇을 비우고는 주막을 나섰다. 가볍게 땅을 박차고 나가는 그를 두고 사람들은 혀까지 차대면서도 하나같이 염려의 눈빛을 던져댔다.

"그까짓 비석 하나를 보러 저 험한 곳에 들려 하다니."

"그러게 말입니다. 별일이 없어야 할 터인데."

젊은이는 숲으로 들어서 깊은 호흡을 해댔다. 주막에서 이르던 말이 생각났기 때문이다. 검은 숲은 금방이라도 으르렁거리며 달려들 것만 같았다.

"조선 땅에 살고 있는 우리가 조선 땅에 무엇이 있는지도 모르고 어찌 조선인이라 할 수 있겠는가? 그것이 말로만 전하는 도선국사비인지 아니면 무학대사비인지 그도 아니면 다른 것인지 이 눈으로 직접 확인해 보리라."

젊은이의 굳게 다문 입술에서 그의 강인한 의지를 읽을 수 있었다. 그는 가볍게 바위를 타고 넘으며 북한산 비봉을 향해 발걸음을 옮겨놓았다. 땀은 비 오듯 흐르고 마음은 바쁘기만 했다. 얇은 적삼은 이미 땀으로 젖어 속살이 훤히 들여다보일 지경에 이르러 있었다. 커다란 산등성이를 타고 넘은 뒤 젊은이는 잠시 숨을 돌렸다. 멀리 비봉의 정상이 아스라이 바라다보이고 있었다. 지친 몸을 쉬고자 바위에 앉은 젊은이는 스승의 가르침을 떠올렸다.

"학문이란 모름지기 배워서 익히는 것이 아니다. 스스로 깨우치는 것이다. 책상에 앉아 이것이 이렇고 저것이 저렇다 떠드는 자들은 작은 것을 배우는 자들이고 넓은 세상에 나아가 스스로 찾고 일하며 터득하는 자들이야말로 진정한 학문을 하는 자들이다. 책상에 앉아 글만 읽은들 무엇에 쓰겠느냐? 밖에 나가 발로 뛰며 진실을 찾고 눈으로 확인하는 것만 못하다. 세상이 무섭게 돌아가고 있는 것을 보거라. 저 색목인(色目人)들의 놀라운 기술과 학문을 보거라. 우리가 저들을 앞서기에는 이미 너무나 뒤쳐져있는 것이 감당하기 어려운 현실이다. 우리가 책상에 앉아 세상 이치를 배우려하는 사이, 저들은 이미 세상을 깨우치고 장악했다. 이제라도 무징불신(無徵不信)을 바탕으로 실사구시(實事求是)의 학풍을 일으켜 세운다면 늦지 않을 것이다."

"무징불신 실사구시라 하셨습니까?"

"그렇다. 무징불신 실사구시다. 이것을 기본으로 우리는 고증학이란 새로운 학풍을 세웠다. 새로운 문물과 새로운 학풍으로 새로운 시대를 열어갈 것이다."

담계 옹방강의 진지한 가르침에 추사는 새로운 세상이 열리고 있는 것을 깨달았다. 침침한 방안에서 책을 껴안은 채 공자 왈 맹자 왈 밤낮으로 씨름하던 지난날의 일들이 모두 새롭게 느껴졌다. 이제라도 눈으로 보고, 귀로 듣고, 몸으로 느낄 수 있는 실사구시의 학문을 펼쳐야겠다는 다짐을 해보았다.

"무징불신 실사구시라 했다. 도선국사비인지 무학대사비인지 눈으로 보지 않고 어찌 말할 수 있겠는가?"

시원한 바람이 추사의 등을 휩쓸고 지나갔다. 흰 구름 사이로 푸른 하늘이 드러났다. 자리를 박차고 일어선 추사는 다시금 비봉을 향해 발걸음을 서둘렀다. 온몸에서 땀이 비 오듯 흘러내리고 식기를 몇 차례 반복한 뒤에야 비로소 추사는 북한산 비봉에 오를 수 있었다. 그리고 마침내 그곳에서 그토록 보고자 했던 무학대사비를 만날 수 있었다.

"아! 이것이란 말인가?"

널찍한 바위 정상에는 오랜 세월을 이겨냈을 푸른 이끼에 휩싸인 비석이 하나 서 있었다. 화강암으로 만들어진 비석은 비봉 정상의 널찍한 암반 위에 이단의 층을 만들고 그 위에 세워져 있었다. 머릿돌은 있었던 듯 허나 지금은 사라지고 없었다.

비석을 향해 서서히 걸음을 옮긴 추사는 비석 앞에 무릎을 꿇고 앉아 비를 어루만졌다. 그리고는 떨리는 손으로 푸른 이끼를 걷어냈다. 오랜 세월 비바람을 이겨낸 비석은 알아보기가 쉽지 않았다. 비석의 글씨는 닳아 희미한 상태였다. 무슨 글자인지 언제 쓴 것인지조차 알아낼 길이 없었다.

"흠, 실로 오랜 세월을 이겨낸 비로다. 무학대사라면 너무 가깝지 않은가?"

추사는 거친 이끼를 걷어내고 세세히 어루만지며 글자를 해석하려 애썼다. 확인해보니 정면에 십이 행의 글자가 새겨져 있었다. 하지만 대부분의 자획이 분명치 않았다. 다만 육조의 해서로 쓰였을 것이라 짐작할 수 있을 뿐이었다.

햇살에 눈을 찡그린 추사는 손을 들어 비문을 가리고는 글자를 알아보려 애썼다. 햇살의 그림자에 비석의 글씨가 희미하게 드러났다. 그림자를 따라 그는 떨리는 손으로 자획을 그려보았다. 순간 그의 얼굴에 긴장감이 어리기 시작했다.

"신라진흥태왕? 그렇다면 이것은 무학대사비나 도선국사비가 아니라 신라의 진흥태왕 때의 비석이란 말인가?"

추사는 놀란 입을 다물지 못했다. 그는 그림자와 손끝에 닿는 감각에 의지해 마모된 자획을 하나씩, 하나씩 복원해 나갔다. 그리고 마침내 이 비석이 무학대사비나 도선국사비가 아니라 신라 진흥왕순수비였다는 것을 확인하기에 이르렀다. 처음으로 진흥왕순수비라는 것을 확인했던 것이다.

"고증학의 힘이다. 마침내 스승님의 말씀이 얼마나 귀중한 것이었는지 비로소 체험할 수 있었다. 위대한 고증학이여!"

추사는 비봉 정상의 비문이 진흥왕순수비였음을 밝혀내게 된 과정을 비석의 옆면에 새롭게 새겨 넣었다.

"무징불신 실사구시란 바로 이러한 것이다. 이제야 비로소 하나의 무징불신을 실천한 것뿐이다."

추사는 가슴 속 깊은 곳으로부터 뿌듯한 기운이 한없이 뻗쳐오르고 있는 것을 느낄 수 있었다.

진득한 땀이 식고 나자 추사는 그제야 다리가 후들거리고 있음을 깨달았다. 긴장으로 온몸이 힘에 겨웠던 것이다. 해는 아직 두어 뼘가량 서녘 하늘에 걸려 있었고 이제 내려가는 길도 그리 어렵지는 않을 것 같았다.

마음의 여유를 챙긴 추사는 서서히 발길을 돌려 산에서 내려갔다.

추사는 연경의 학자들과 서신을 왕래하며 학문적 교류를 계속했다. 그러던 중, 스승인 담계선생에게 무장사비 탁본을 보낸 일이 있었다. 그런데 놀랍게도 스승으로부터 이 탁본은 김육진의 글씨가 아니라 왕희지의 글씨를 모아 쓴 것이라는 답변을 얻었다. 그러면서 부탁받기를 나머지 파편을 찾아보라는 것이었다. 이에 추사는 무장사를 찾아 나섰다. 멀리 경주까지 몸소 찾아갔던 것이다.

때는 화창한 봄, 거닐기 좋은 때이기는 했지만 먼 길을 나선 추사의 이마에는 땀방울이 맺혀들고 있었다. 화사한 산 벚꽃이 눈을 아리게 하는 좋은 계절이었다.

"좋은 때구나. 이 좋은 시절에 벗들과 함께 시나 읊조리고 술이나 나누었으면 좋으련만. 이 추사에게 대체 무슨 죄가 있어 이 어려움을 스스로 걸머지고 다닌단 말인가? 학문을 사랑하고 즐기고자 하는 고상한 취미가 있어 그렇게 함이로다. 새로운 것에 대한 호기심과 흥미가 그렇게 함이로다."

힘든 길에도 추사는 오로지 학문에 대한 열정과 새로운 것을 알고자 하는 열의로만 가득 차 있었다.

"젊어서 고생은 사서도 한다는 말이 있지를 않습니까요? 나리께서는 분명 큰 성취를 이루실 것입니다요."

따라나선 용이라는 하인의 말이다.

"그렇더냐? 주인을 잘못 만나 네가 덩달아 고생이구나."

추사의 말에 용이는 손사래를 쳐댔다.

"아닙니다요. 어찌 그런 마음을 먹겠습니까요. 소인은 오로지 나리의 큰 성취만을 고대하고 있을 뿐입니다요."

"고맙구나."

하인 용이의 말에 추사도 흡족했다. 천 리가 넘는 길을 마다치 않고 따라나서 주었으니 그 마음이 기특하고도 고맙기까지 했던 것이다.

추사는 마침내 깊은 산골 암곡동(暗谷洞) 입구에 다다랐다. 굽이굽이 산등성이가 용틀임을 하며 우뚝하니 길을 막아서고 있었다.

"이제 다 왔구나. 이 계곡으로 들어서면 무장사가 있을 것이다."

추사의 말에 용이가 물었다.

"대체 무장사비가 무엇이기에 이처럼 고생을 하시는지요? 소인은 그 돌조각들이 왜 그렇게 귀한 대접을 받는 것인지 도대체 알 수가 없습니다요."

용이의 의아함에 추사는 빙긋이 웃으며 입을 열었다.

"네가 보기에는 그저 하찮은 돌조각에 불과해 보이느냐?"

"그렇습니다요. 소인의 눈에는 아무 쓸모 없는 돌조각 같습니다요."

"그러하냐? 내가 보기에는 세상에 둘도 없는 소중한 것이다."

"어째 그런 것입니까요?"

용이의 물음에 추사는 진지한 얼굴로 답했다.

"그건 네가 비석의 소중함을 모르기 때문이다."

"그러면 그 소중함이 무엇입니까요?"

"세상에는 보는 눈에 따라 그 가치가 달라지는 것이 많다. 어떻게 사물을 보느냐에 따라 그것은 소중한 것이 될 수도 있고 쓸모없는 하찮은 것이 될 수도 있단 말이다."

"그렇다면 소인의 눈과 나리의 눈이 다르다는 말씀이시군요?"

추사의 설명에 용이는 알 듯 모를 듯 고개를 갸웃거렸다. 그리고는 잠시 뜸을 들였다가 다시 입을 열었다.

"하긴 소인의 눈이 눈은 아니지요. 멀뚱히 뜨고는 있지만......."

"그렇다. 눈을 뜨고 있다고 해서 모두 볼 수 있는 것은 아니다. 세상일을 바로 볼 수 있고 세상 진리를 바르게 찾을 수 있는 마음의 눈을 가져야 한다. 그것을 가져야 만이 진정으로 눈을 뜨고 있는 것이라 말할 수 있는 것이다. 네가 말했듯이 멀뚱한 눈은 그저 사물만을 보고 겉모습만을 볼 수 있을 따름이다. 그러니 소중한 비석을 보고도 아무런 가치도 볼 수 없는 것이 아니더냐."

추사의 말에 용이는 그제야 고개를 끄덕거렸다. 알겠다는 뜻이었다.

"이제야 어렴풋이나마 알 것 같습니다요."

"다행이로구나."

"헌데 이 무장사는 어떤 절이옵니까?"

용이의 물음에 추사는 부드러운 웃음으로 말을 이었다.

"신라가 삼국을 통일한 후에 태종무열왕께서 이 땅에 다시는 전쟁 같은 불행한 일이 있어서는 안 되겠다 싶어 모든 무기를 이 골짜기에 묻었다고 하는구나. 그리고 나서 절을 짓고 투구 무(鍪)자와 감출 장(藏)자를 써서 무장사라 이름 하였다 한다.”

　깊은 골짜기는 무장사의 내력에 어울리게 험했다. 양쪽으로 깎아지른 산이 깊은 계곡을 만들고 있었다. 안으로 들어갈수록 골짜기는 깊어졌고 머리 위로 하늘만이 손에 잡힐 듯 아련했다.

　때마침 불어오는 훈훈한 바람에 늦은 산 벚꽃이 눈꽃처럼 흐드러지게 휘날렸다.

　“때늦은 눈꽃이로다.”

　“산 벚이 지니 보리가 익을 때가 되었나 봅니다.”

　“그렇구나. 네가 나보다 세상을 더 잘 아는구나!”

　추사의 말에 용이가 의아한 얼굴로 바라보았다.

　“학문을 하고 진리를 찾는 것이 무엇을 위함이더냐? 세상과 백성을 위한 것이 아니더냐?”

　“무슨 말씀이신지 이놈은 도통 모르겠습니다요.”

　“지는 산 벚꽃을 보고 나는 눈에 보이는 아름다움만을 찾았는데 너는 세상을 찾았지 않느냐. 백성이 배부르고 등 따뜻하면 그것이 바로 요순시절이라 했거늘 네 머릿속에는 아름다운 요순의 마음이 있었지 않느냐? 그것이 바로 세상을 보는 바른 눈이다. 쓸데없이 눈으로 보는 아름다움만을 찾으려 애쓰는 것보다는 진실로 우리에게 아름다운 것을 찾게 하는 것, 그것이 바로 진리요 학문이다. 네가 글은 모르지만 마음으로 느끼는 학문만은 나보다 나은 듯하구나!”

　말을 마친 추사는 호탕하게 껄껄웃음을 터뜨렸다. 용이도 덩달아 유쾌하게 웃었다.

두 사람이 즐겁게 이야기를 나누는 사이, 깊은 산이 갑자기 탁 트이며 넓은 공터가 눈앞에 펼쳐졌다. 마침내 무장사(鍪藏寺)가 있던 자리에 다다랐던 것이다. 하지만 이곳이 무장사가 있던 자리라는 것은 알 수 없었다. 짐작만 갈 뿐이었다.

"이곳이 무장사 터인 것 같은데 너무 오랫동안 버려두어 그 흔적마저도 찾을 수가 없구나."

추사는 길게 한 숨을 내 쉬었다. 수풀이 우거지고 나무가 자라나 넓은 공터는 숲이나 마찬가지였다.

"나리, 저기 탑이 있습니다요."

용이의 외침에 추사도 놀라 그가 가리키는 곳을 바라보았다. 과연 키 큰 소나무 사이로 하얀 삼층석탑이 의연히 서있는 모습이 눈에 들어왔다.

"그렇구나! 저 탑만이 무장사를 지켰구나! 과연 돌의 영원함이 천년 세월을 견뎌냈구나. 그러니 금석이 위대한 것이야."

추사는 가시와 덤불이 살을 할퀴고 옷을 찢는 것도 잊은 채 무장사 삼층석탑을 향해 헤쳐 나갔다. 그리고는 탑 앞에 서서 감개무량한 얼굴로 올려다보았다.

"탑을 찾았으니 비도 있을 것이다. 이 부근을 샅샅이 찾아보도록 하자!"

추사의 말에 용이는 주인을 위해 부지런히 움직였다. 주인과 하인은 한 마음으로 무장사비를 찾아 나섰다. 그리고 한참이 지나서 추사의 입에서 탄성이 터져 나왔다. 탑으로부터 멀리 떨어진 공터의 외진 곳이었다.

"이럴 수가! 이런 곳에 이처럼 버려져 있다니."

추사의 입에서 탄식이 쏟아져 나왔다. 추사의 탄성에 용이도 가까이 다가왔다.

"이것입니까? 깨진 돌조각을 보러."

추사의 진지함에 용이는 그만 입을 다물고 말았다. 무장사비는 한참 자라기 시작하는 쇠무릎과 덤불에 가려져 있었다. 그리고 그 위로 비석받침인 돌거북이 목을 잃은 채 주저앉아 있었다. 발도 깨어져 있었다. 비석은 외롭고 쓸쓸하게 천년의 세월을 버텨온 것이다.

"이계(耳溪)선생께서 찾아낸 무장사아미타불조성기비(鍪藏寺阿彌陀佛造成記碑)가 바로 이것이었구나."

추사의 두런거림에 용이는 고개를 갸웃하며 깨어진 비석 조각을 내려다보았다. 실로 한심하다는 눈치였다. 이딴 것을 보러 천리 길을 마다치 않고 내려왔단 말인가? 하는 표정이 분명했다. 하지만 추사의 표정은 용이의 그것과는 너무도 딴판이었다. 진지하고도 열의에 넘치는 것이었다.

'이것이 바로 왕희지의 글씨를 모아 새긴 것이다. 훌륭하구나! 지난날 우리는 얼마나 무지했던가? 이를 두고 김생의 글씨니 김육진의 글씨니 하며 눈을 뜨고도 알아보지 못했으니 눈뜬장님이 아니고 무엇이었단 말인가? 조선 땅에 있는 것도 제대로 알아보지 못한 죄 크고도 크도다. 스승님께서는 멀리서 탁본만을 보시고도 단 한 번에 왕희지의 글씨를 모아 새긴 것이라는 것을 아셨으니. 아! 언제나 스승님의 경지에 이를 수 있을꼬.'

추사는 자신의 무지함과 조선인의 무관심에 탄식했고 스승의 높은 안목에 다시 한 번 놀라지 않을 수 없었다. 그 순간 추사의 머릿속에 스승의 부탁이 스치듯 떠올랐다.

"깨어진 비편이 어딘가 또 있을 것이다. 그것을 찾아내야 한다. 예까지

왔는데 그냥 갈 수는 없지 않은가? 반드시 찾아내야 한다. 스승님의 부탁이 아닐지라도 조선인으로서 조선의 보물을 마땅히 찾아내야만 한다.”

추사는 무엇에라도 홀린 사람처럼 풀 섶을 찾아 헤맸다. 쇠무릎과 엉겅퀴에 할퀴고 찢기면서 덤불과 잡초를 헤쳐 냈다. 주인의 고난을 하인이라서 보고만 있을 수는 없는 노릇이었다. 용이도 다시 나섰다.

무장사비 주변을 헤치던 추사의 입에서 다시 한 번 탄성이 쏟아져 나왔다.

“찾았다. 이것이다. 이것이다.”

추사는 깨어진 비석 조각을 어루만지며 어쩔 줄을 몰라 했다. 깨어진 비석에 딱 들어맞는 조각이 땅바닥에 덩그러니 놓여있었다. 거미줄과 잡초에 둘러싸인 무장사비 파편은 말 그대로 돌조각에 불과한 것이었다. 하지만 추사에게 있어 그것은 돌조각 이상이었다.

추사가 새로 찾은 비편의 기쁨에 들떠 있을 때 용이의 입에서도 또 다른 비편을 찾았다는 말이 터져 나왔다.

“나리, 여기에도 돌 조각이 있습니다요.”

용이의 말에 추사는 쏜살같이 달려갔다. 땀과 얼룩으로 이미 몰골이 말이 아니었다. 오히려 하인인 용이의 모습이 더 나을 정도였다.

또 다른 비석 조각에 추사는 흥분을 감추지 못했다.

‘이렇게 찾아야 볼 수 있는 것을. 이것이 실사구시가 아니고 무엇이란 말인가? 예까지 오지 않았던들 어찌 이런 기쁨을 맛볼 수 있었겠는가? 실사구시 무징불신이로다.’

추사의 흥분에도 용이는 여전히 담담한 모습이었다. 다만 주인의 기쁨에 자신도 얼마간 기쁜 표정으로 맞대응할 뿐이었다.

"이것이 왕희지의 글씨다. 보거라. 얼마나 훌륭한 글씨더냐?"

하지만 용이의 눈에는 여전히 돌조각일 뿐이었다.

"예, 나리. 제가 글씨는 잘 모르지만 아무튼 훌륭한 것 같습니다요."

"그렇지? 네가 보기에도 그렇지 않느냐?"

추사는 묻고 또 물었다. 얼마나 흥분되고 기뻤으면 까막눈인 하인을 붙잡고 묻고 또 물었던 것이다.

"아! 이것을 성원과 함께하지 못함을 아쉬워할 따름이로다."

추사는 성원을 그리며 한숨을 내쉬었다. 이제는 다시 보지 못할 성원 옹수곤을 떠올리며 안타까워했던 것이다.

"이 무장사비의 품격은 낭공대사백월서운비(郎空大師白月栖雲碑)보다도 뛰어난 것이다. 뿐만 아니라 이 숭(崇)자를 보아라. 이것은 왕희지 금석에서 머리 위의 점 세 개가 고스란히 남아 있는 유일한 것이다. 이는 나의 스승이신 담계 옹방강선생께서 고증하신 것이다."

추사는 혼자 기쁨에 겨워 비를 어루만지며 중얼거려댔다. 용이는 그 말이 무엇인지 알 수는 없었지만 추사의 표정과 행동으로 보아 대단히 소중한 것이라는 것은 짐작할 수 있었다.

"스승께서는 천하에 이 비만한 것이 없다고 하셨다."

추사의 말에 용이는 이것이 그리도 소중한 것인지 의아할 뿐이었다. 그리도 소중한 것이라면 사람들이 어찌 이렇게 방치해 두었을까 하는 생각이 용이의 머릿속을 혼란스럽게 했던 것이다.

"나리, 그렇게 귀중한 것이라면 사람들이 어찌하여 이리 내버려 두었는지요?"

"그것이 바로 아까 얘기했던 보는 눈의 다름이라는 것이다. 다들 눈을 감고 살았든 게지. 눈뜬장님들이나 매 한가지였다는 것이다. 이제야 그 소중함을 알았으니 잘 간직할밖에."

말을 마친 추사는 잡풀과 나무를 제거하고 비석을 씻어냈다. 용이도 주인을 거들었다. 흩어진 비석 조각을 한곳에 모으고 거미줄을 걷어내며 흙을 씻어냈던 것이다.

한동안 수선을 떨어 대고 나자 그제야 깨진 비나마 얼마간 본래의 모습을 갖출 수 있었다. 주위가 어느 정도 정리되자 추사는 탁본을 떴다. 살아 있는 왕희지의 글씨가 종이 위에 다시 피어나는 순간이었다. 실로 감개가 무량했다. 추사의 얼굴은 엄숙하고도 진지하기만 했다.

탁본을 뜬 왕희지의 글씨를 들고 추사는 황홀한 미소를 지어 보였다. 그리고는 한없이 바라보고 또 바라보았다.

'금석의 글씨가 이토록 오묘한 맛이 있었구나! 이것을 붓으로 직접 살려낼 수만 있다면 그 글씨는 세상에서 둘도 없는 훌륭한 글씨가 될 것이다. 이런 글씨를 붓으로 살려낼 수만 있다면.'

추사의 얼굴에 미묘한 변화가 일었다. 왕희지의 금석을 펼쳐들고 깊은 생각에 빠져들고 있었던 것이다. 용이는 그런 주인의 감상을 방해할 수 없어 곁에서 조용히 지켜만 보았다.

'이것은 석묵서루에서 보았던 왕희지의 진필보다도 더 훌륭한 글씨다. 왕희지의 글씨건만 그것을 뛰어넘어 있다. 이것이라면 능히 천하의 글씨에 도전해볼 만하다. 천하명필의 자리에 오르고도 남을만한 일이다.'

추사는 이제 자신의 글씨를 한 단계 더 상승시킬 언덕을 찾아냈다. 금석을 통해 기존의 글씨를 뛰어넘는 새로운 창조의 방안을 찾아냈던 것이다.

"나리, 해가 지고 있습니다요."

용이는 조심스럽게 주인을 불렀다. 그제야 주위를 둘러본 추사는 맞은편 산 너머로 해가 지고 있음을 깨달았다.

"그랬구나! 서두르자꾸나."

추사는 다시 탁본을 뜨기 시작했다. 용이도 주인의 탁본 뜨는 일을 거들었다. 깨진 비편까지 모두 탁본을 뜬 추사는 그제야 짐을 챙겼다. 그리고는 발길을 돌려 무장사지를 떠났다.

추사는 이렇게 발로 찾아다니며 실사구시를 체험하고 조선금석학의 길을 열어나갔다. 실로 조선에 이는 새로운 학풍이었다.

"이보시게 천의(天毅), 이것이 바로 무장사비 탁본일세. 대단하지 않은가? 위대한 고증학의 힘일세."

추사의 자랑스러움에 천의는 고개를 끄덕였다.

"자네의 열정이 또 한 번 쾌거를 올리게 되었군 그래. 감축 드리네."

하지만 그의 입에서 나온 것은 비아냥 섞인 말이었다.

"자네는 또 시비인가? 내 이르네만 자네의 그 삐딱한 세상 바라봄은 언제나 고쳐지려는가? 참으로 아쉽고도 안타까울 따름일세."

"어찌 이것을 삐딱하다 하는가? 나는 내 본 것을 있는 그대로 말하고 있음일세."

"자네의 말투가 어찌 바르다 하겠는가? 내 듣기에는 그저 나를 비웃고자 하는 말로만 들리는데 말일세."

추사의 불만에 천의는 껄껄웃음을 터뜨리더니 이번에는 진지한 태도로 추사를 바라보며 말을 이었다.

"그럼 내 솔직히 말함세. 자네는 늘 고증학 아니면 연경을 입에 올려야만 말이 되는가? 나같이 연경에 가보지 못한 사람은 어찌 자네와 같이 이야기를 나눌 수 있겠는가 말일세. 자네는 분명 사람이 변했네. 연경을 다녀온 후로 전혀 다른 사람이 되어버리고 말았네. 세상의 중심은 연경이니 어쩌니 하면서 연경의 사람이 되어버리고 말았단 말일세. 자네의 그런 생각이 과연 조선인으로서 괜찮은 것인지 그대 스스로에게 한 번 물어볼 필요가 있네."

"그것이 현실인 것을 어쩌란 말인가? 연경이 분명 앞서 있으니 그 훌륭함을 따라 배워야 하는 것을 말일세."

"조선의 학문과 학풍도 그 나름 훌륭한 것일세. 그러니 너무 연경과 고증학만을 내세우지는 말게나."

차가운 천의의 말에 추사는 빙긋이 웃음을 머금었다.

"벗의 충고는 내 가슴 깊이 받아들임세. 허나 자네도 언젠가는 내 마음을 이해할 날이 있을 것이네. 그나저나 이번 과거에 나가 볼 생각은 없는가? 자네도 이제 출세할 때가 되었지 않는가?"

추사의 권유에 천의는 또다시 껄껄웃음을 터뜨렸다. 그리고는 다시 입을 열었다.

"옛적 주상선(朱象先)이 글은 잘하나 과거는 보지 않았고 그림은 잘하나 팔지는 않았다던 이야기를 자네는 들어보지 못했는가? 나도 그리하려네. 세상사 이름을 팔아 드러내려 한다는 것이 얼마나 어리석고 속된 일이란 말인가. 훗날 자네도 알게 될 것이네. 내 벗인 그대에게 충고하노니 세상에 나아가 이름을 더럽히는 것보다는 물러나 깨끗함을 보전함만 못하다는 것을 잊지 말게나."

천의의 말에 추사는 너털웃음으로 받아넘기고 말았다.

"학문을 익히고 붓끝을 단련하는 것에 아무런 목적이 없다면 도대체 책은 무엇하러 읽는 것이며 붓은 왜 드는 것이란 말인가? 세상 이치를 배우고 깨달아 세상을 위해 써야 의미가 있는 것이지 그렇지 않다면 도대체 무슨 의미가 있단 말인가? 자네 같은 인재가 숨어 재주를 썩히는 것 또한 세상에 대한 죄일세."

추사의 말에 천의는 손사래까지 쳐대며 말렸다.

"나에게 그런 재주도 없거니와 있다 해도 그럴 마음이 없으니 이를 어찌하면 좋단 말인가? 물러나 겸손함만 못하네."

"물러나 겸손한 것이 과연 누구를 위한 일이란 말인가? 자네를 위한 것인가? 아니면 세상을 위한 것인가? 이는 분명 자네를 위한 일일 것이네. 그러니 세상을 위해 나아가 어리석은 백성과 혼탁한 세상을 구함만 못한 것이네. 자네는 너무 자네 자신만을 생각하는 이기적인 사람일세."

추사의 말에 천의는 미소를 머금으며 고개를 가로저었다.

"자네는 나를 너무 과대평가하고 있네."

"그렇지 않네. 이것은 나뿐만이 아니라 자네의 스승이신 자하 선생께서도 하신 말씀이 아닌가?"

"스승님께서도 물론 자네와 같이 어리석은 나를 어여삐 보아 하신 말씀이지 진정 이 몸이 잘나 그러신 것은 아닐세."

천의의 말에 추사는 고개를 좌우로 흔들었다.

"아무튼 한번 생각해 보시게나. 그냥 흘러들을 이야기가 아닐세."

추사의 계속되는 진지함에도 천의는 그냥 가볍게 웃어넘기고 말았다.

"글로서 마음을 드러내고 그림으로서 내 뜻을 펼쳐 보일 수만 있다면 그것으로 만족하려네. 더 이상 무엇을 바라겠는가?"

말을 마친 천의는 어깨를 가볍게 흔들며 시를 읊기 시작했다.

"오랜만에 만난 벗의 유혹에 무엇으로 답하리.

붓을 들어 대나무와 매화로 답하리라.

내 빈속에 가득 술을 부어 일어난 모난 붓으로

거친 대나무와 메마른 매화를 피워내

벗의 유혹에서 벗어나고 말리라."

천의의 뜻에 추사는 고개를 절레절레 흔들어대며 답했다.

"나의 벗은 벽 위의 수묵군자로다.

말없는 대나무 그림과도 같은 묵군(墨君)이로다.

바라보고 있으면 근심이 사라지니 어찌 그렇다 하지 않을 손가?

벗이여, 부디 지혜와 절개로서 세상 어둠을 밝혀 주시게나."

추사의 간절한 시구에 천의는 다만 미소 지을 뿐이었다.

"쓸데없고 답답한 이야기는 그만두고 먹이나 즐겨보세."

천의는 더 이상 추사의 유혹에 휘말리기 싫다는 듯 붓을 들었다.

"자고로 황정견(黃庭堅)은 붓과 종이를 가지고 논다 하였네. 거사께서 붓을 한 번 휘두르면 마른 등걸이 솟고 하얀 숲이 피어나며 푸른 안개와 붉은 노을이 한꺼번에 일었다 하였네. 이 천의가 그 정도에 이르려면 멀었으나 그를 흠모하고 즐겨하니 어찌 해동의 동파가 되지 못하겠는가?"

호탕하게 웃어젖히는 천의의 얼굴에는 자신감과 호탕함으로 넘쳐났다. 추사도 따라 껄껄웃음을 터뜨리지 않을 수 없었다.

멀리 푸른 보리밭이 파도처럼 일렁이자 소슬한 바람이 작은 모옥을 휘돌았다. 모옥을 감싸고 있던 댓잎이 우수수 떨어댔다.

"도(道)를 깨우친 동파거사의 필력이야 바람 부는 안갯속에서도 거칠 것이 없었다지만 그에 이르지 못하는 나는 그저 부끄러울 따름일세."

천의의 탄식에 추사가 거들며 나섰다.

"자네야말로 사람 기죽이는 소리 그만하시게나. 대나무 그림의 일인자라 일컬어지는 자하 신위 대감의 제자인 자네가 그런 소릴 한다면 우린 대체 어떻게 하란 말인가? 더구나 자네는 자하 선생께서도 입에 침이 마르도록 칭찬하는 수제자가 아니던가?"

추사의 말에 천의는 고개를 절레절레 흔들어댔다.

"사람들이 그렇게 말한다 해서 그것이 어찌 진실일 수 있단 말인가? 그렇지 않다네. 소문만 무성하지 쓸모없는 것이라네."

천의는 종이를 펼친 다음 붓을 들어 벼루로 향했다. 붓은 먹을 품어 윤기를 발했고 천의의 눈빛이 빛을 발했다. 이어 흰 종이 위로 검은 대나무가 피어나기 시작했다. 지조를 간직한 매끈한 줄기와 거친 마디가 살아나고 절개를 품은 잎이 솟아났다. 칼끝을 닮은 댓잎은 고매한 선비의 기개와 절개였다. 바람만 건듯 불어도 소슬한 댓잎 소리가 우수수 쏟아져 나올 것만 같았다. 굳건한 대는 거친 바위와 함께 흰 화폭을 장식했다. 실로 신필의 경지에 이른 대나무 그림이었다.

"여가(與可)는 대나무를 그릴 때 대나무를 보지 않았다 했는데 이 천의는 그렇지 못하니 이를 어찌하면 좋단 말인가?"

붓을 내려놓으며 천의는 탄식조로 말했다. 이에 추사가 답했다.

"이런 훌륭한 대나무를 피워놓고도 그런 탄식을 흘려낸다면 세상에 그림을 그린다는 자들은 도대체 어떻게 해야 한단 말인가?"

"아닐세. 자네도 알다시피 그림이란 눈으로 보이는 것만이 전부가 아니지 않은가? 그림 속에 그리는 사람의 정신이 깃들어 있어야 한다네. 허나 나의 마음이 붓끝을 통해 화폭에 이르지 못하고 있으니 어찌 그것이 나의 그림일 수 있단 말인가? 이것은 먹을 가지고 종이 위에 칠한 것에 불과한 것일세. 이런 그림은 누구나 그릴 수 있는 것이라네."

천의의 말에 추사도 그제야 고개를 끄덕였다.

"자네 말을 듣고 보니 그럴듯하네. 옛적에 이르기를 서권기문자향이라 했는데 자네의 진심을 듣고 보니 알만하네. 자네의 말은 서권기문자향은 갖추었으나 그것을 손끝으로 토해내는데 부족함을 느끼고 있다는 말이 아닌가?"

추사의 물음에 그제야 천의도 미소를 지어 보였다.

"그렇다네. 역시 자네는 나의 마음을 아는 벗일세그려."

"무엇에 깊이 빠져든다는 것이 그리도 어려운 일일세. 나도 지난날 연경에서 송창석정 대련을 쓰는데 자네와 같은 그런 어려움을 겪은 적이 있었다네. 이제야 자네의 마음이 이해가 되네 그려.”

추사의 연경이야기에 천의는 쓸쓸한 미소를 지어 보이며 다시 입을 열었다.

“나 또한 먹을 가지고 노는 것이라 생각했는데 요즘 들어 가만히 생각해 보니 그만 먹의 노예가 되어버리고만 나 자신을 발견하게 되었다네. 실로 통탄할 일일세.”

“먹을 가지고 놀다 먹의 노예가 되어버리고 말았다!”

추사는 껄껄웃음을 터뜨렸다.

“역시 천의 자네다운 생각일세. 과연 자네의 호탕함은 천하제일일세.”

추사의 껄껄웃음에 천의는 눈살을 찌푸리며 물었다.

“자네 웃음의 의미는 무엇인가? 이 천의를 비웃는 것인가?”

천의의 물음에 추사는 손사래까지 쳐대며 나섰다.

“비웃다니? 무슨 말을 그렇게 하시는가? 이 추사는 자네의 그 호탕함에 감탄하여 이러는 것일세. 과연 자네는 나의 벗일세. 이 추사의 벗이 될 자격을 충분히 갖추고 있음이야.”

진지한 자세로 천의의 말을 받은 추사는 계속했다.

“옛적에 예찬(倪瓚)이 이르기를 스스로 즐기기 위해서 그랬을 뿐이라 하지 않았던가? 그림 속에 너무 자신을 억지로 넣으려 한다면 그 또한 그림에 얽매인 것이 되니 그 또한 바람직한 것은 아닐 것일세.”

“바로 보았네. 그러니 내 먹의 노예가 되어버리고 말았다 하지 않는가.”

천의와 추사는 그림을 이야기하며 예찬과 오진 그리고 왕몽과 황공망을 대화 삼았다.

    작은 모옥에 별빛이 총총히 내리는 것도 잊은 채 두 벗은 화려한 이야기 꽃을 피워냈다.

5. 한류(韓流)의 시작과 이는 바람

추사는 예산 화암사로 향했다. 고향에 들러 책을 읽고 싶었기 때문이다. 추사는 책을 읽고 싶은 마음이 들면 고향인 예산을 찾곤 했다. 마음을 편안하게 해 주는 곳이었기 때문이다.

고향에 이르렀을 때는 이미 겨울이었다. 찬바람이 코끝을 시리게 하는 계절에 들어서 있었던 것이다. 고향집은 여전했다. 우뚝한 오석산과 드넓은 벌판, 게다가 희끗희끗 내리는 눈발마저 추사의 귀향을 반가이 맞이하는 듯했다. 마을 사람들도 용궁의 어른이 돌아오셨음에 기뻐해 마지않았다. 추사는 잔치를 베풀어 마을 사람들을 위로했다. 작은 마을은 이내 떠들썩해졌다. 모두 배불리 먹고 마시며 즐겼다. 백성의 즐거움에 추사도 흐뭇했다. 가만있을 수가 없었다. 따스한 햇살이 드는 사랑채 마루에 앉아 붓을 들었다. 서수필이었다.

"이렇게 마음을 편안하게 해 주는 곳이 또 어디에 있단 말인가? 근심과 걱정을 떨쳐버리고 오직 책과 시와 글씨만을 생각하게 해 줄 수 있는 곳이 또 어디에 있단 말인가? 정말 편안하고 즐거운 곳이로다."

추사는 이렇게 중얼거리고는 붓을 들어 벼루에 담가 먹을 듬뿍 먹였다. 그리고는 흰 종이 위로 가져가 유려한 글씨를 피워냈다.

'예산(禮山)

의젓하고 편안한 땅

어진산은 말이 없어라.

그 말없음이 천하를 호령하는

늠름한 기상이요.

맑고 청정한 물은

끝없는 내(無限川)를 휘돌아 흐른다.

청량한 바람과 청아한 향기

온 산을 감싸 도니

오호라! 이곳이 선계(仙界)던가? 불계(佛界)던가?

공자님도 부처님도

부러워할 땅이로다.'

붓을 든 추사는 흡족한 마음으로 예산찬가를 내려다보았다. 밖으로는 여전히 즐거운 백성의 웃음소리로 왁자했다.

추사는 고향집에 머물며 책을 읽고 시를 읊는가 하면 글씨를 썼다. 그러던 어느 날 문득 추사는 시경(詩境) 탁본을 떠올렸다. 눈발이 하얗게 내리는 날이었다. 서설(瑞雪)이었다.

'스승님께서 광동에서 떠 온 탁본이로다. 육방옹의 글씨 중에 탁월한 것이다. 힘차고 멋스러우니 보면 볼수록 훌륭한 글씨로다.'

추사는 육방옹의 시경 탁본을 들어 취한 듯 올려다보았다. 이리저리 살펴보던 추사는 문득 한 가지 생각을 떠올렸다. 화암사 뒤편의 병풍바위를 머릿속에 떠올림과 동시였다.

'그렇다, 이 글씨를 병풍바위에 새겨 놓아 후세사람들로 하여금 육방옹의 글씨를 즐거이 감상할 수 있도록 해주자.'

추사는 시경탁본을 들고 일어섰다. 순간 또 다른 생각이 스쳤다.

'그렇지, 육방옹의 글씨와 함께 이 추사의 글씨도 새겨놓아야겠구나.'

추사는 다시 자리에 앉았다. 그리고는 종이를 펼쳐놓고 생각에 잠겼다.

'무엇을 새겨 놓을꼬.'

한 참을 생각하던 추사는 옆에 써놓은 자신의 예산시(禮山詩)를 바라보았다.

'공자님과 부처님이라? 공자님은 계시니 부처님을 모시면 되겠구나!'

추사는 다시 생각에 잠겼다. 그리고는 붓을 들었다.

天竺古先生宅(천축고선생댁)

부드럽고도 활달한 글씨가 살아났다. 천축 나라의 옛 선생이 기거하던 집이란 뜻이니 부처님의 집이라는 뜻이다. 추사는 흡족한 웃음을 머금었다.

글씨를 들고 추사는 화암사로 올라갔다. 흩날리는 눈발이 어느새 세상을 온통 하얗게 물들여 놓고 말았다. 늘어진 소나무는 물론 꼿꼿한 잣나무와 의젓한 은행나무도 모두 흰빛으로 물들여 놓고 말았던 것이다.

월성위 김한신이 쓰신 화암사 편액이 눈에 들어왔다. 뛰어난 글씨였다. 추사는 증조부의 글씨를 올려다보며 자신의 글씨를 생각했다.

'증조부님의 글씨를 닮아 나의 글씨가 뛰어나다는 소리를 듣는 게로구나.'

추사는 자신에게 훌륭한 자질을 물려준 증조부에게 감사의 마음을 가졌다. 월성위 김한신 뿐이 아니었다. 아버지인 김노경과 외가인 기계유씨 유척기와 유한준 모두에게 감사의 마음을 가졌다.

원통보전에 들어 관세음보살께 축원을 드리고는 곧장 병풍바위로 향했다. 바위는 눈에 덮이지는 않았다. 비가와도 젖지 않는 바위였다. 마치 커다란 병풍을 둘러쳐 놓은 듯한 모습의 병풍바위는 추사를 위해 남겨놓은 백지 병풍과도 같았다.

추사는 시경 탁본을 들어 병풍바위에 대어 보았다. 그럴듯했다. 병풍바위가 시작되는 가장 깨끗하고 넓은 쪽에 육유(陸游)의 시경을 새길 작정이었다. 그리고 그 옆에 좋은 자리를 골라 자신의 천축고선생댁을 새길 것이었다.

병풍바위에는 시를 읊을만한 좋은 경치라는 뜻의 시경과 천축나라의 옛 선생이 기거하는 집이라는 뜻의 천축고선생댁이 새겨질 것이다. 이는 공자님과 부처님이 함께 기거하는 곳이니 추사의 마음속에 두 분을 스승으로 삼아 모시겠다는 뜻이기도 했다.

이후로 병풍바위에서는 바위를 쪼는 소리가 연이어 들려왔다. 눈이 멎고 세상이 고요 속에 빠져들자 바위를 쪼는 소리는 더욱더 선명하게 오석산을 울려댔다.

　그렇게 맑은 정소리가 울린 지 며칠이 지나자 마침내 시경과 천축고선생댁이 완성되었다. 추사는 혹독한 추위 속에서도 땀을 흘리며 완성된 암각을 흐뭇한 눈길로 바라보았다. 순간 그는 무언가 허전한 감을 느꼈다.

　'공자님과 부처님은 모셨으나 신선이 계시지 아니하니 부족한 게로구나! 그래 유불도(儒佛道)로다!'

　추사는 다시금 산에서 내려와 도(道)를 위한 글씨를 썼다.

　小蓬萊(소봉래)

　'오석산은 금강산과 같이 아름다우니 작은 봉래산이라 이름 하여 부끄럽지 아니하다. 공자님과 부처님을 위한 글씨를 새겨놓았으니 신선을 위한 글씨로 짝을 맞춰 완성해 놓는다면 그야말로 완벽해지리라.'

　추사는 흡족해하며 소봉래를 들고 다시 앵무봉을 올랐다. 그리고는 커다란 바위를 찾아 그 위에 소봉래 세자를 새겨놓았다.

　이로써 추사의 유불도 삼도를 아우르는 오석산 암각이 완성되었다. 추사의 사상과 학문의 방향이 절로 드러나는 순간이었다.

　추사는 고향집에 머물며 책을 읽고 시를 읊었으며 글씨를 쓰고 난을 쳤다. 실로 한가롭고 유유자적하는 세월이었다. 한없이 평화롭고 편안한 시절이었다.

　그러던 어느 날, 추사는 자신이 새겨놓은 시경 앞에 서서 육방옹의 글씨를 조용히 감상했다. 실로 힘차고 묵직한 글씨였다. 바위에 새긴 것이기는 했지만 언제 보아도 끌리는 글씨였다. 굵직한 예서체로 쓰여 진 시경 두 글자는 추사가 넘어야 할 산이기도 했다. 석묵서루에서 쓰던 송창석정 대련을 떠올리기도 했다.

'육유의 글씨나 스승님의 글씨나 모두 나에게 있어서는 극복해야 할 산이로다. 작은 땅에서 우쭐한 마음에 갇혀 지낸다면 그것만큼 어리석은 일도 없으리라. 천하제일의 글씨가 되어야 할 것이다. 천하제일.'

추사의 입술이 굳게 다물어졌다. 딛고 선 두 발도 태산을 밟고선 듯 우뚝 힘이 들어갔다. 추사의 각오가 몸으로 드러난 것이다.

'이 암각 글씨를 대하니 붓으로 종이에 쓴 글씨와는 전혀 다른 맛이 느껴지는구나. 깊은 멋과 함께 힘이 느껴지니 붓으로서 이런 글씨를 되살려 낸다면 분명 왕희지나 구양순 조맹부와는 다른 글씨가 되리라. 천하의 글씨가 되기에 충분하리라.'

추사는 새로운 글씨를 생각했다. 금석을 통해 새로운 필체를 만들어낼 수 있다는 생각을 해냈던 것이다.

'하지만 아직은 그런 단계는 아니다.'

추사는 짧은 한숨을 내쉬었다.

'부족함을 채우고 난 뒤에 새로운 길로 나아가야 할 것이다. 새로움을 얻고자 한다면 기존의 것을 무시해서는 안 된다. 천하명필들의 글씨를 두루 섭렵한 뒤에 새로움을 찾아 나아가야 할 것이다. 내 글씨가 조선에서 뛰어난 것이라고는 하나 아직은 부족한 것이 너무 많다. 동기창도 다 이루지 못했거늘 어떻게 다른 글씨를 넘볼 수 있단 말인가? 왕희지와 조맹부

도 멀었거늘 어림없는 일이다.'

추사는 더욱 깊게 한숨을 몰아쉬었다.

'내 필생에 벼루 열 개를 구멍 내고 붓 천 자루를 몽당붓으로 만들고 말리라.'

추사의 눈빛이 빛을 발했다. 육유의 시경을 바라보는 눈빛이 바위를 뚫고 산을 무너뜨릴 기세였다. 벼루 열 개를 구멍 내고 붓 천 자루를 몽당붓으로 만들고 말리라는 각오는 추사의 굳은 의지를 그대로 드러내 보인 것이다.

그날 이후로 추사는 놀라우리만치 글씨쓰기에 몰두했다. 글씨를 써대고 또 써댔던 것이다. 천하명필이라는 꿈을 향해 종이를 쌓아나갔다. 수북이 쌓이는 종이를 바라보며 추사는 고개를 갸웃거리고 또 갸웃거렸다. 저녁이면 하루 종일 쓴 종이를 불사르는 것으로 하루 일과를 마칠 정도였다.

예산을 떠나 월성위궁으로 돌아와서도 글씨쓰기는 여전했다. 추사에게 있어 글씨쓰기는 이제 멈출 수 없는 것이 되어버리고 말았던 것이다.

또다시 봄이 돌아오고 여름이 지나며 가을을 맞이하고 겨울이 되어서도 글씨쓰기는 계속되었다. 쓰고 또 써댔던 것이다.

추사의 글씨는 어느새 조선을 넘어 연경과 왜에까지 알려지게 되었다. 수많은 사람이 추사의 글씨를 원했고 그의 글씨 한 점을 얻기 위해 조선 땅으로 발을 들여놓는 일도 마다하지 않았다. 천하에 추사의 이름이 널리 알려지기 시작한 것이다.

유당 김노경은 또다시 동지정사(冬至正使)가 되어 연경으로 향했다. 이번에는 추사의 동생인 산천(山泉) 김명희가 자제군관 자격으로 동행했다. 이를 계기로 추사는 연경의 학자들과 더욱 깊은 교류를 가질 수 있었다. 섭지선과 유희해는 물론 오숭량과 장심, 이장욱 등과도 깊은 교류를 나눌 수 있게 되었던 것이다. 이들은 끊임없는 서신 교류로 글은 물론 글씨와 그림까지도 나눌 수 있었다. 이로 인해 추사의 명성은 연경은 물론 청의 구석구석까지 알려지게 되었다. 연경의 학자들조차도 추사의 글과 글씨를 받기 위해 혈안이 되어 있었다. 심지어는 추사의 글을 얼마나 가지고 있느냐에 따라 연경에서의 지명도가 어느 정도인가를 가늠하는 잣대가 되기도 했다. 급기야 반증수(潘曾綬)는 자신이 지은 해란서옥집(陔蘭書屋集)의 표제에 붙일 글을 부탁하는 서신을 보내기에 이르렀다.

'해동제일 추사 선생께, 염치를 무릅쓰고 서신을 보냄을 용서하소서. 다름이 아니오라 이번에 제가 부족한 해란서옥집을 펴내게 되었는데 추사 선생의 표제로 빛을 발하게 하여 그 부족함을 메울 수 있을까 하여 이렇게 부끄러움을 무릅써봅니다. 선생의 활달하고도 유려한 필체는 이미 연경에서도 이름난 것이기에 해란서옥에 싣게 된다면 제 부족함이 채워질 수 있지 않을까 생각합니다. 그리만 해주신다면 제게는 더없는 영광입니다. 부디 간절한 제 부탁을 거절하시지 말고 몇 자 적어 해란서옥의 부족함을 채워주시기를 바랄 뿐입니다.'

반증수의 서신을 읽어본 추사는 흐뭇했다. 자신의 명성이 연경에까지 이르러 있다는 사실에 마음이 흡족했기 때문이다.

'아직도 멀었는데 이런 가볍지 않은 부탁을 내가 들어주어도 될까 모르겠구나!'

추사는 망설였다. 하지만 멀리 연경에서 일부러 보내온 서신임을 감안하여 붓을 들지 않을 수 없었다. 서수필을 벼루에 담가 진한 먹을 듬뿍 먹인 추사는 팔을 걷어붙이고는 붓을 휘둘렀다. 굵직하고도 힘차며 유려하고도 활달한 글씨가 살아났다. 추사는 온 힘을 다해 해란서옥 표제를 써내려갔다. 추사의 눈빛이 이글거렸다. 방바닥에 짚은 손은 태산을 눌러 가라앉힐 듯 굳건했고 버티는 무릎은 용을 낚아 올릴 듯 기세가 등등하기만 했다. 해란서 세 글자를 쓴 추사는 잠시 붓을 들어 내려다보았다. 추사의 입가에 흡족한 미소가 번졌다. 잠시 붓을 들어 나머지 글자의 위치를 가늠해본 추사는 다시 거침없이 붓을 대어 휘두르기 시작했다. 그리고 나머지 옥이집 세 글자를 써냈다. 가늘고 굵고 조화를 이루며 힘차고 부드러운 기운이 함께 있으니 분명 새로운 바람이 틀림없었다. 지금까지 보지 못한 추사만의 필체가 분명했다.

海蘭書屋二集(해란서옥이집)

'이것은 나만의 필법이다. 스승이신 담계선생의 옹방강체와 유석암, 동기창, 구양순체의 필법을 가려내어 새롭게 만든 이 추사만의 필법이다.'

추사의 입가에 득의양양한 웃음과 함께 모진 각오가 떠올랐다. 눈빛이 이글거렸다.

"작은 땅 조선이라 일컬으며 스스로 그들의 아래에 있고자 했던 나의 아픔을 이 추사체로서 되갚을 것이다."

추사는 다시 붓을 들어 해란서옥이집이라 쓴 옆에 당당하고도 멋들어지게 자신의 이름을 써내려갔다.

雞林(계림) 金秋史(김추사) 題(제)

'계림은 내가 난 땅이다. 나의 글씨가 중원의 책 표지를 장식하며 계림이 중화를 이겨낸 것이다.'

추사는 붓을 내려놓고 흡족한 마음에 큰 소리로 껄껄웃음을 터뜨렸다. 유쾌하고도 호탕한 웃음이었다.

추사의 해란서옥이집 표제는 곧 연경에 화제가 되었고 연경 사람들의 추사에 대한 흠모는 더욱 깊어졌다. 더불어 그를 찾는 손길도 더욱 빈번하게 되었다. 사람들은 추사체, 추사체하면서 너도나도 추사체를 부르짖어댔다. 추사체란 말은 추사 스스로 만들어낸 것도 아닌데 사람들이 그렇게 부르기 시작하면서 자연스럽게 추사체라 불리기 시작했다. 하지만 그것은 시작에 불과한 것이었다.

반증수의 해란서옥이집을 본 정조경(程祖慶)은 자신의 문복도로서 추사의 명성을 더한층 높여놓았다. 정조경은 자를 흔유(忻有), 호를 무애(无碍)라 했다. 금석과 서화에 능한 사람이었다.

추사가 정조경의 문복도를 펼치자 화려한 주금전(酒金箋)에 긴 수염의 수려한 인물이 눈에 들어왔다. 도포를 걸치고 선인의 풍모를 갖춘 인물이었다. 그리고 그 앞에는 작은 체구에 등을 보인 초라한 사람이 공손히 손을 들어 인사를 올리고 있었다. 한눈에 보아도 누가 누구인지를 알 수 있는 그림이었다.

"하늘 아래 이토록 겸양한 분이 있었는가?"

추사는 그림을 들고도 가슴이 뭉클해짐을 느꼈다. 너무나도 감격스러웠기 때문이다. 이어 눈을 들어 화제를 보았다.

'문복도(捫腹圖), 문안드려 인사 올립니다. 강남 시골에 사는 정조경도 높으신 이름 추사를 들었습니다. 듣기만 하고 뵙지는 못했습니다만 그 뛰어나신 필력과 아름다운 문장, 훌륭한 학문을 사모한 지는 오래되었습니다. 그 사모함을 참지 못하고 붓을 들어 선생의 모습을 그려 바치오니 넓은 마음으로 보아주시기 바랍니다. 보시고 마음에 드시거든 긴 수염 한 번 쓰다듬으시며 큰 소리로 웃어주시기만을 바랄 뿐입니다. 함풍 3년 가을에 정조경.'

추사는 흡족함을 넘어서 온몸에 소름이 돋았다. 중원에서 이토록 자신을 높게 평가하며 흠모하고 있으니 어깨가 절로 무거워졌던 것이다.

'이제 겨우 추사라는 이름을 세상에 알렸을 뿐이다. 내가 보기에는 아직도 멀었거늘 모두 이처럼 호들갑을 떨어대고 있으니 이를 어찌하면 좋단 말인가? 이제 겨우 동기창과 구양순을 흉내 낼 수 있을 뿐이거늘.'

추사는 짧게 한숨을 몰아쉬었다. 그러면서도 어딘가 모르게 뿌듯하며 유쾌한 것은 어쩔 수 없는 일이었다.

추사의 이름은 천하에 널리 알려졌다. 그와 함께 추사의 교류도 더욱 폭

넓게 확대되었다. 등전밀(鄧傳密)을 비롯해 왕희순(汪喜筍), 양동서(梁同書)등과 함께 학문적 교류를 깊게 나누게 되었던 것이다.

추사의 글씨는 나날이 그 깊이를 더해가고 높이를 높여갔다. 그가 말한 대로 벼루 열 개를 구멍 내고 붓 천 자루를 몽당붓으로 만들 만큼 부지런히 쓰고 또 써댔기 때문이다.

이제 옹방강체나 유석암체, 동기창체, 구양순체는 마음껏 구사할 수 있게 되었다. 누가 보아도 이것이 과연 누가 쓴 것인가 구별을 하지 못할 정도의 경지에까지 이르게 되었던 것이다. 그러자 추사는 눈앞이 아득해지고 말았다. 더 이상 오를 언덕이 없어진 까닭이다.

'이제 천하 명필의 글씨를 습득하고 나니 갈 길이 보이질 않는구나! 이제 어디로 가야 한단 말인가?'

탄식을 흘린 추사는 붓을 내려놓고 말았다. 힘들게 달려온 길의 끝자락에 이르자 허무함이 밀물처럼 밀려들었기 때문이다.

추사는 난을 치며 허허로운 마음을 달랬다. 빼어난 난 잎을 그리고 수려한 난 꽃을 그려내며 허무로 지친 마음을 달래고자 했던 것이다.

그러던 어느 날, 난을 치려던 추사는 문득 한 가지 생각을 떠올렸다. 난을 치려고 바위를 그리던 순간이었다. 추사는 붓을 든 채 먹물이 종이에 떨어져 검은 꽃을 피워내는 것도 잊은 채 골똘히 생각에 잠겼다.

'금석이라? 지난번 육유의 시경을 새기고 난 후 새로운 글씨의 모태로서 금석이 어떨까 생각했었는데…'

추사의 눈빛이 반짝 빛을 발했다. 새로운 길을 찾은 기쁨의 눈빛이었다.

'그렇다. 금석기로다. 금석기(金石氣). 금석의 기운이 가득한 글씨로 새

로운 추사체를 만들어 내고야 말리라. 그래야만 진정한 추사체가 완성될
것이로다.'

추사는 새로운 언덕을 얻었다. 새로운 세계를 향해 거대한 발걸음을 옮
겨놓을 언덕을 마련한 것이다.

이후로 추사는 두문불출하며 추사체 완성에 몰입해 들어갔다. 벼루 열
개와 붓 천 자루를 다시 구멍 내고 몽당붓으로 만들어가기 시작한 것이다.

추사체를 위한 뼈를 깎는 고통이 무르익어갈 즈음, 추사에게 생각지 않
은 날벼락이 떨어져 내리고 말았다. 정치적 소용돌이가 그를 휘감고 말았
던 것이다.

추사의 성격은 불같았다. 때문에 그를 둘러싼 많은 사람을 적으로 만들
고 있었다. 그 적들의 중심에는 세도가 안동김문이 있었다.

순조의 장인인 김조순을 중심으로 한 안동김문 일파는 조용히 때를 기
다리고 있었다. 이들이 때를 기다린 것은 추사의 아버지인 김노경이 모든
실권을 쥐고 있었기 때문이다. 그것은 순조가 세자인 효명에게 모든 실권
을 넘겨준 탓이었다.

그런데 그때가 바로 찾아왔다. 효명세자가 돌연 죽고 만 것이다. 이에
안동김문에서는 김노경을 비롯한 그들의 일파를 탄핵하기에 이르렀다.

그 소용돌이는 김우명(金佑明)으로부터 시작되었다. 그가 추사에게 원
한을 품고 그의 아버지인 김노경을 탄핵하고 나선 것이다.

김우명은 비인 현감으로 있을 때, 추사로부터 파직을 당한 적이 있었다.
추사가 대과에 급제하여 충청우도 암행어사로 파견 나갔을 때의 일이었

다. 이때 추사는 비인현감 김우명의 비리를 고발하고는 봉고파직을 내렸었다. 이를 원한으로 삼아 안동 김씨인 김우명이 김노경을 탄핵하고 나선 것이다.

"전하, 김노경의 죄는 일일이 다 말할 수가 없을 지경입니다. 그는 높은 가세의 원력으로 분에 넘치는 직을 두루 섭렵하며 조정을 어지럽히는가 하면 사직을 문란케 하였습니다. 또한, 잘 난 것은 하나도 없으면서 요직을 두루 걸쳐 그 오명은 크기만 해 백성의 원성이 극에 달해 있는 실정입니다. 탐욕스럽고 비루하여 분에 넘치는 높은 자리만 노리더니 마침내 그 직을 얻고는 잃을까 근심하여 백성을 돌보지 않으니 그 죄 어찌 다 입에 올릴 수 있겠습니까? 일을 처리함에 있어서는 공정함보다는 사사로움을 먼저 따졌고 백성을 다룸에 있어서는 인의보다는 사나움이 항상 앞서 있었습니다. 이러니 그를 따르는 사람은 없고 그에 따라 자연히 그의 자식들과 형제들이 함께 힘을 모아 분당을 만들고 분란을 일삼을 수밖에 없었던 것입니다. 그러니 저들을 벌하여 세상에 밝음이 있음을 널리 알리시옵소서."

하지만 김우명의 상소는 받아들여지지 않았다. 오히려 개인적인 감정을 앞세운 상소라 하여 순조는 김우명에게 벌을 내렸다.

그러자 이번에는 윤상도가 나섰다.

"전하, 김노경은 높은 지위와 권력으로 사사로이 탐욕을 채웠는가 하면 그의 자식 김정희는 매사 분란을 조장했으니 이들을 파면하여 조정의 기강을 바로 세움은 천 년 사직을 위해서라도 반드시 필요한 일입니다. 이들을 파직하고 먼 곳으로 유배하심이 옳을 줄로 압니다."

하지만 순조의 마음은 이들에게 있지 않았다. 아직은 그래도 김노경에 대한 믿음을 저버리지 않았던 것이다. 이에 순조는 상소를 올린 윤상도와 김우명을 벌하기에 이른다. 윤상도는 추자도로 유배시키고 김우명은 파직을 시켰던 것이다.

그렇다고 순순히 물러설 김조순의 무리가 아니었다. 또다시 상소를 올렸던 것이다.

이후로 보름 여간 조정은 시끄러웠다. 끊임없는 상소와 탄핵으로 하루도 조용한 날이 없었다. 대사헌 김양순(金陽淳)이 김노경을 탄핵하자 대사간 안광직(安光直)도 그냥 있지 않았다. 김노경을 탄핵하는 글을 올렸던 것이다. 뿐만 아니라 영의정인 남공철(南公轍)에 이어 좌의정 이상황(李相璜)과 우의정 정만석(鄭晩錫)까지 들고 일어나니 순조로서도 더 이상은 어쩔 수가 없었다.

"지돈령부사 김노경을 고금도에 위리안치토록 하라."

이로써 이십여 년간 승승장구하던 월성위가에 커다란 먹구름이 끼게 되었다. 김노경은 고금도(古今島)에 위리안치(圍籬安置)되고 추사는 모든 관직에서 물러나야 했던 것이다.

김노경이 고금도로 유배되자 안동김문 일파는 드디어 물고기가 물을 만난 듯 세상을 휘젓기 시작했다.

이에 김정희도 나서지 않을 수 없었다. 먼저 한성부에 소장을 올렸다. 하지만 이미 안동김문 일파가 장악한 조정에 김정희의 소장이 먹혀들 리 없었다. 그러자 그는 감영에 제소를 했고 이어 비변사에까지 소장을 올렸다. 하지만 결과는 마찬가지였다.

이제 남은 것은 격쟁(擊錚)뿐이었다.

격쟁이란 억울한 일을 당한 백성이 임금이 행차 시에 징을 쳐 호소하는 것으로서 억울한 백성이 있어서는 안 된다는 조선의 위민제도(爲民制度) 중의 하나였다.

날이 밝고 아침 이슬이 촉촉할 즈음에 추사는 징을 들고 나섰다.

격쟁(擊錚)을 위함이었다.

추사는 그의 성격만큼이나 불같은 걸음걸이로 성큼성큼 발걸음을 옮겨 놓았다. 왼손에는 커다란 징을 들고 오른손엔 천둥 같은 징소리를 울릴 채를 들었으며 등에는 둥글게 말린 돗자리가 둘러메어져 있었다.

낡은 도포에 헤진 미투리를 갖추어 신고 밤새 젖은 황톳길을 걷자 추사의 모습은 더욱 초라하게 되었다.

한참을 걸어 숭례문에 다다른 추사는 광화문이 바라다보이는 곳에 이르렀다. 그리고는 그곳에서 굳은 결심으로 돗자리를 폈다. 수많은 장사치와 백성이 추사의 행동을 지켜보고 있었다. 하지만 추사는 신경 쓰지 않았다.

돗자리를 편 후 광화문을 바라본 추사는 궁궐을 향해 큰 절을 세 번 올린 후 단정히 무릎을 꿇고 앉았다. 그리고는 순조의 행차 길을 기다렸다.

흐린 날씨는 점심때가 되자 비 꽃이 피기 시작하더니 후드득후드득 소리와 함께 거센 장대비마저 쏟아 놓았다. 종로의 시전상인들은 난리를 떨어대며 뛰어다녔다. 하지만 추사는 꿈쩍도 하지 않았다.

야속한 소나기가 물러가고 나자 드디어 광화문이 열리고 순조의 행차가 모습을 드러냈다. 추사의 눈빛이 번쩍 빛을 발하는 순간이었다. 어가(御駕)의 행렬이 광화문을 나서 종로로 들어설 즈음, 추사는 지체치 아니하고 자리를 일어서 징을 들었다. 그리고는 있는 힘껏 징을 두들겨대기 시작했다. 천둥 같은 징소리가 종로거리를 울렸다. 추사는 미친 듯이 징을 울려댔다. 몇 번을 얼마나 세게 두드렸는지조차도 모를 지경이었다. 끊이지 않고 징을 두들겨댔던 것이다. 그런 징소리를 임금이라서 못 들을 리 없었다.

"저 소리는 무엇이더냐?"

"억울한 백성이 전하께 올리고자 하는 격쟁이옵니다."

"누가 그것을 몰라서 묻는 것이더냐? 누가 울리는 것이란 말이더냐?"

임금의 핀잔에 어영대장이 부리나케 달려 나갔다. 잠시 후 숨이 턱에까지 찬 어영대장이 달려왔다.

"추사 김정희가 아비인 김노경의 억울함을 호소하기 위해 격쟁을 하고 있는 것이라 하옵니다."

어영대장의 말에 순조는 이마를 찡그려댔다. 그리고는 던지듯 한마디 내뱉었다.

"부르라."

물에 빠진 생쥐모습의 초라한 추사가 헤진 미투리를 끌고 임금의 앞에 무릎을 꿇었다.

"추사, 대사헌은 조정대신들에게 인심을 잃어 나로서도 어쩔 수 없었느니라. 저들이 유당 김노경과 그 무리의 탐욕스러움을 낱낱이 고발하는 데는 짐도 어쩔 수 없었느니라. 억울해도 좀 더 참고 기다리라. 그것만이 너와 네 아비가 살 길이니라. 만약 더 설쳐댄다면 저들이 어떻게 나올지 모른다. 알겠느냐?"

순조는 좋은 말로 추사를 달랬다.

"전하, 어찌 그런 말씀을 하시옵니까? 전하의 말씀은 저와 제 아비가 억울한 누명을 썼다는 것을 인정하시는 것이온데 어찌 이렇게 보고만 계시옵니까?"

추사는 목소리를 높여 억울함을 호소했다.

"목소리를 낮추라. 저들이 듣는다면 일이 더욱 곤란해질 것이니라. 내 너에게 약속하마. 조금만 더 기다려라. 짐이 곧 부를 것이다."

순조는 너그러운 말로 추사를 달랬다.

"그것이 진실이시옵니까?"

"네 부자의 짐에 대한 충절은 짐도 익히 알고 있느니라. 하지만 조정의 세 흐름이 안동김문에 있으니 짐도 어쩔 수 없는 상황이며 이를 짐도 탐탁지 않게 생각하고 있느니라. 해서 운석(雲石) 조인영을 곧 중히 쓸 것이다. 허니 조용히 기다리면 곧 좋은 소식이 갈 것이니라."

은근한 목소리로 전하는 순조의 말에 추사는 희망을 보았고 곧 자리를 물러났다.

화려한 어가의 행렬이 다시 움직이고 추사는 여전히 헤진 미투리로 진흙땅을 밟고 서 있었다. 그는 멀어져가는 어가를 물끄러미 바라보았다. 구름 사이로 맑은 하늘과 싱그러운 햇살이 비어져 나오고 있었다.

순조의 약속에도 좋은 소식은 오지 않았다.

고난 속에서도 추사의 연경학계와의 교류는 끊이지 않았다. 그 교류의 중심에는 섭지선이 있었다. 그는 담계 옹방강의 제자로 일찍부터 추사에 대해 잘 알고 있는 인물이었다. 이제 쓸쓸한 석묵서루를 홀로 지키며 스승과의 끈끈한 연을 이어가고 있었다.

이때 완원의 아들인 완상생(阮常生)으로부터 황청경해(皇淸經解)를 얻었고 유희해(劉喜海)로부터는 해동금석원(海東金石苑)을 얻었다. 청과 조선 학계의 학문적 교류의 절정이라 해도 지나친 말이 아니었다.

황청경해는 운대 완원이 광동의 총독으로 있으면서 학해당(學海堂)에서 경학을 집대성한 것이다. 이 소식은 추사에게 곧 전해졌고 추사는 완상생에게 서신을 보내 황청경해의 구입을 물었다. 하지만 황청경해의 분량이 만만한 것이 아니어서 그리 쉬운 일이 아니었다. 오 년이라는 긴 세월에 걸쳐 완성된 것이기에 그 분량만 해도 일백 팔십여 종에 천 사백여 권이나 되는 방대한 분량이었던 것이다.

완상생은 황청경해가 완성되자 이것을 유희해에게 부탁해 추사에게 전해주라 했고 유희해는 곧 추사의 동생인 산천 김명희에게 서신을 보냈다. 그리고 다음 해에 추사는 제자인 우선(藕船) 이상적(李尙迪)으로 하여금 황청경해를 가지고 오게 했다. 실로 긴 세월에 어렵게 얻은 추사의 열정의 결과물이었다.

또한 해동금석원은 유희해의 금석집으로 조선 금석문을 집대성한 것이다. 유희해는 조선 땅에 발 한번 들이지 않은 연경의 사람이었다. 그런 그가 조선의 비문을 집대성할 수 있었던 것은 조선 학계의 열정이 있었기 때문이기도 했다. 역시 그 중심에는 추사 김정희가 있었다. 그는 금석학을 연구하며 유희해와 서로 조선의 금석과 청의 금석을 나누어 교류했다. 추사는 그의 열정에 감복해 자신이 할 수 있는 도움은 모두 나누어 주었다. 신라문무왕릉비를 비롯해 백련사 대자액(大字額), 봉암사 지증대사비, 선봉사 대각국사비와 평백제비 그리고 법천사 지광국사비등 이루 헤아릴 수 없이 많은 조선의 비문을 구해 보내 주었던 것이다. 그 결과 유희해는 해동금석원 여덟 권을 완성할 수 있었다. 그의 열정은 대단한 것이었다. 추사도 탄복할 정도였다. 그는 서신을 통해 끊임없이 묻고 또 물어왔다. 우암(尤庵)을 묻고 금석 탁본을 요구하며 고려사와 해동역사 등 조선의 역사서까지 부탁했다. 실로 대단한 열정이라 하지 않을 수 없었다.

유희해의 열정에 추사는 자신을 뒤돌아보기도 했다. 남의 땅에 멀리 있는 그가 조선의 비석에 대해 그렇게 관심이 많은데 정작 자신은 조선 땅에 앉아 있으면서 무엇을 하고 있었는가? 스스로에게 물음을 던졌던 것이다.

추사는 옛일을 떠올렸다. 외가댁에서 예전에 보았던 황초령비가 생각난 것이다. 마침 친한 벗인 이재(彝齋) 권돈인(權敦仁)이 함경도 관찰사로 떠나게 되었다. 그래서 추사는 떠나는 그를 붙잡고 부탁했다.

"이보게 이재, 이 책을 한 번 보게나."

추사가 건네는 책을 받아든 권돈인은 의아한 얼굴로 물었다.

"무엇인가?"

책을 받아든 이재는 해동금석원이라는 표지를 보고 깜짝 놀랐다.

"이것은?"

"연정(燕庭)의 금석집일세. 그는 멀리 연경에 앉아서도 우리 조선의 금석에 대해 이렇게 자세하게 연구하고 그것을 책으로 펴냈네. 헌데 우리는 조선 땅에 살면서 우리의 것에 대해 도대체 무엇을 했단 말인가? 부끄럽지 않을 수 없는 일이네."

추사의 탄식에 이재도 긴 한숨을 몰아쉬었다.

"자네가 이번에 함경도 관찰사로 간다니 내 자네에게 한 가지 부탁하기 위함일세."

"무엇인가?"

추사의 말에 이재는 진지한 얼굴로 맞받았다. 친한 벗의 부탁이라니 무엇이든 들어주겠다는 표정이었다.

"다름이 아니라 내 어렸을 적에 외가에서 본 탁본이 하나 있다네."

"탁본이라?"

"그렇다네. 이계(耳溪) 홍양호(洪良浩) 어른께서 우리 외가의 유한돈(俞漢敦) 어르신께 부탁해 황초령비를 찾은 적이 있다네. 그때 유한돈 어르신께서는 함흥통판으로 함경도에 가시게 되었는데 이때 황초령비를 찾아 탁본을 떴지. 그리고 그것을 지수재(知守齋)어른께 드려 우리 외가에 황초령비 탁본이 있게 되었다네. 어렸을 적 나도 그것을 보았다네. 허나 세월이 흐른 지금 황초령비가 어떻게 되었는지 알 수가 없다네. 황초령비의 중요성은 자네도 잘 알 것이네. 그러니 내 자네에게 부탁하고자 하는 것이 무엇인지 나의 벗인 자네는 내가 말을 하지 아니해도 알 수 있지 않겠는가?"

추사의 말에 이재는 호탕한 웃음으로 받았다.

"말해 무엇하겠는가? 자네가 연정의 이 해동금석원에 단단히 자극을 받은 모양이로군. 자네의 마음 알겠네. 내 가서 반드시 찾아봄세."

이재 권돈인의 말에 추사도 비로소 흡족한 웃음을 지었다.

"자네는 역시 내게 있어 둘도 없는 벗일세."

"그걸 이제야 알았는가?"

"부디 잘 다녀오시게."

"자네도 잘 지내게나. 아버님께서는 곧 좋은 소식이 있을 것이네."

두 사람은 유쾌하게 이별을 나누었다.

떠나는 이재에게 추사는 한 가지 더 당부하기를 잊지 않았다.

"황초령비를 찾거든 탁본을 뜬 후에 그냥 버려두지 말고 비각을 세우든 지 아니면 다른 곳으로 옮겨서 진흥왕의 공적을 후세사람들이 볼 수 있도록 해 주게나. 그냥 무심하게 버려둔다면 비바람에 닳아 훼손되고 말 것이니 그렇게 된다면 우리는 후세사람들에게 커다란 죄를 짓고 마는 것일세. 저 멀리 연경의 땅에서조차도 우리 것에 대해 그토록 진지하고 열정적인데 이 땅에 발을 딛고 사는 우리가 그렇게 해서야 쓰겠는가?"

추사의 부탁에 이재는 웃음으로 답했다.

"알겠네. 자네의 정성이 황초령비를 살려낼 것이네. 걱정하지 마시게나."

이재도 진지한 얼굴로 추사의 말에 답했다.

이재 권돈인은 함흥에 도착하여 제일 먼저 추사의 부탁을 실행에 옮겼다. 황초령비를 찾아냈던 것이다. 그리고 탁본을 떠 추사에게 보내고 황초령비를 옮겨 비각을 세웠다. 이로써 잃어버릴 위기에 처해 있던 황초령비는 안전하게 보전될 수 있었다.

이재로부터 황초령비의 탁본을 전해 받은 추사는 탁본을 걸어놓고 깊은 생각에 잠겼다. 새로운 필체의 구상에 잠겨들었던 것이다. 깨진 듯, 파인 듯 거친 글씨가 추사의 눈을 사로잡았다.

'거칠면서도 신비한 힘이 느껴지는 글씨다. 육유의 시경은 예서이나 이 황초령비는 고체이다. 그럼에도 두 글씨는 같은 분위기를 풍기고 있다. 굵고 강건하며 힘차니 종이에 쓴 글씨와는 또 다른 맛이다. 보는 사람의 눈을 사로잡으니 붓으로서 이런 글씨를 살려낸다면 이는 분명 새로운 필체

가 될 것이다.'

　말을 마친 추사는 붓을 들어 새로운 필체를 시험했다. 꺾고 올려붙이며 삐치니 육유의 시경과 황초령비가 새롭게 태어났다.

　'비슷하기는 하나 아직은 아니다.'

　추사는 붓을 더욱 힘 있게 눌러 찍었다 들었다 반복하며 탁본을 흉내 냈다. 마치 탁본을 뜨듯 부드럽게 두들기는가 하면 힘차게 누르기도 했다. 추사의 곁에는 종이가 산처럼 쌓이기 시작했다. 해가 지고 어두워지는 것도 잊은 채 육유의 시경을 떠올리고 눈앞의 황초령비를 바라보았다.

　추사는 세월마저 잊은 채 시경과 황초령비만으로 몇 달을 보냈다. 계절이 바뀌는 것조차 잊고 있었다. 겨울을 지나 봄이 가고 여름이 온 것조차도 모르고 있었던 것이다.

　그러던 어느 날, 추사는 기쁨의 미소를 지어 올렸다. 서서히 바위 글씨를 닮은 글씨가 나오기 시작한 때문이다.

　'그렇다. 기존의 필법을 버리고 새로운 필법을 만들어내니 나의 추사체가 모양을 갖추어 가는구나! 이것이다. 바로 이것이다.'

　추사는 마침내 새로운 필법을 터득하기에 이르렀다. 기존의 필법을 버리고 새로운 필법으로 붓을 놀렸던 것이다. 손목의 힘을 빼고 뒤틀음을 가볍게 하며 굽힘과 삐침 그리고 뻗음을 부드럽게 했다. 누르고 꺾고 밀고 당기며 얕음과 옅음 그리고 깊이와 넓이를 조화롭게 놀렸다.

　검은 먹 선이 힘차고 유려하게 펼쳐지며 멋들어진 추사체가 피어났다. 추사의 입가에 흡족한 미소가 맴돌고 손끝은 가늘게 떨렸다. 추사는 고개를 끄덕이며 자신의 새로운 필체에 대한 확신을 가졌다.

'이제야 비로소 이 추사만의 글씨가 떠오르는구나!'

추사는 추사체를 완성해 내기 위해 더욱더 심혈을 기울었다. 쓰고 또 써
댔다. 산처럼 쌓여가는 종이 위에 천하의 추사체는 그렇게 피어나기 시작
했다. 벌써 벼루 몇 개를 버렸는지 모른다. 하물며 붓이야 말해 무엇하겠
는가? 그 스스로 말한 벼루 열 개와 붓 천 자루를 버리는 일은 아무것도
아닐 것만 같았다. 손은 부르트고 허리는 굽었다. 눈은 침침해지고 머리는
어지러웠다. 마루를 내려오는 것도 힘에 겨울 정도로 무릎도 아팠다. 하지
만 추사에게 그런 일은 당연히 있어야 할 고통쯤으로만 여겼다. 천하의 글
씨가 태어나는데 이쯤의 고통은 당연한 것이 아닌가 하는 생각을 했던 것
이다.

'육유의 시경과 황초령비에서 나의 글씨가 떠올랐으니 내 글씨의 모태
는 금석이로다. 세상의 모든 금석을 나의 스승으로 여기리라.'

추사는 자신이 갖고 있는 모든 탁본을 펼쳐놓고 비교하며 붓으로 되살
려내는데 심혈을 기울었다. 보고 또 보고, 생각하고 또 생각했으며 쓰고
또 썼던 것이다.

추사가 이렇게 추사체를 만들어가고 있는데 몰두하고 있을 때, 추사가
문에 다시 불행이 찾아드니 그 시작은 유당 김노경이 세상을 떠남으로부
터 시작되었다. 일흔두 살의 나이로 유당 김노경이 그 화려했던 삶을 마감
하고 말았던 것이다.

이제 추사의 나이도 쉰둘로 스스로 노완(老阮)이라 일컬을 만큼 늙어 있
었다.

"매화를 그리는 것과 시를 짓는 것은 같은 것이네. 옛사람이 말했듯이

그림은 소리 없는 시요, 시는 곧 소리 있는 그림이라 하지 않았던가."

천의의 말에 추사는 고개를 끄덕였다.

"그러네. 그러니 매화 그림을 보고 감동이 일어 시를 불러내는 것도 지극히 자연스러운 일인 게야. 나 또한 그러한 적이 많았거늘 새삼 말해 무엇하겠는가? 자네야 그림에 뛰어나고 그것을 즐기고 있으니 더더욱 잘 알 것이 아닌가?"

"매화의 뛰어난 품격은 가히 세속을 초월한 것일세. 내 매화를 즐겨 그리는 이유가 거기에 있다네. 대나무의 지조와 절개도 뛰어난 것이지만 매화의 아취고절은 가히 천하의 일품이라 할 수 있지."

천의의 말에 추사는 고개를 끄덕이고 나서 물었다.

"이르기를 열세 가지 화과(畵科)가 있는데 이에 매화는 들지 않는다 하였네. 이는 무슨 이유인가?"

추사의 진지한 물음에 천의가 답했다.

"그것은 흥(興)에 의해 비롯된 것일세."

"흥이라?"

"그렇다네. 인간의 가슴속에서 일어나는 흥으로 인한 것이지. 열세 가지 화과에 매화가 들지 않은 것은 세속을 초월한 매화의 품격이 평범한 사람들을 넘어서있기 때문일세."

천의의 말에 추사는 무릎을 당겨 앉으며 다시 물었다.

"좀 더 자세히 말해 보게나. 자네의 말을 이해할 듯도 하이."

추사의 안달에 천의는 빙긋이 웃으며 입을 열었다.

"즐거운 마음으로 그것을 그려낸다면 가지를 비롯해 등걸이 윤곽을 뚜

렷이 드러내고 화려한 꽃잎은 곱고 안정된 모습으로 자리를 잡는다네. 하지만 근심과 슬픔으로 그려진 것은 가지는 마르고 꽃은 초췌하여 그 아름다움을 잃으니 그것이 어찌 매화의 본 모습을 간직했다 할 수 있겠는가? 또한 흥분과 들뜸으로 그려낸다면 가지는 꼬이고 꽃들은 버릇없을 것이며 분노와 질투로 그려낸다면 괴이하고 투박해지고 만다네. 옛 사람의 시에도 이르기를 사람의 마음이 메마르면 산이 색이 없고 물이 맑지 않다 하지 않았던가. 이것이 바로 매화가 열세 가지 화과에 들지 않는 이유일세."

"이제야 알겠네. 그림을 그리려면 자신의 마음에서 이는 흥을 살리라는 말이로군."

추사의 말에 천의는 빙긋이 웃으며 고개를 끄덕였다.

"마음이 손에 앞서게 하라는 말일세. 안이 충족해야 밖으로 끌어낼 수 있다는 이야기지."

"알겠네. 자네의 말을 이제야 알겠네."

추사는 고개를 끄덕이며 천의의 말에 공감을 표했다.

"아름다움이란 것도 결국은 눈으로 받아들이는 것이기는 하나 끝내는 마음에 머물게 마련이지 않은가. 그러니 그것을 다시 붓으로 드러낼 때는 마음속에 흥이 없이는 안 되지 않겠는가 말일세."

"결국 그림이라는 것은 그리는 사람의 마음이 준비되어 있지 않으면 아무런 소용이 없다는 이야기가 아닌가?"

"그러네. 어디 그림뿐이겠는가? 글씨도 그렇고 학문도 그렇고 인간사 모든 일이 그렇지 않겠는가 말일세."

천의의 말에 추사는 크게 깨달았다. 그리고 천의의 뛰어남에 감탄하지 않을 수 없었다.

"자네가 나의 벗이기는 하지만 이렇게 훌륭한 스승을 곁에 두고 있음에 나는 즐겁지 않을 수 없네. 자네와의 대화는 나의 성취에도 큰 도움이 되고 있네."

추사의 말에 이번에는 천의가 손사래를 쳐대며 나섰다.

"쓸데없는 소리. 천하의 추사 앞에서 어찌 그런 소릴 들을 수 있겠는가? 연경은 물론 바다 건너 왜에서까지 찾는 자네를 해동의 이름 없는 선비가 어찌 감당할 수 있겠는가?"

말을 마침과 함께 천의는 껄껄웃음을 터뜨렸다.

"아닐세. 내 자네로부터 깨달은 바가 많네."

푸른 산에 노니는 흰 새와 맑은 물이 졸졸거리는 시내가 한없이 한가로운 한여름 오후였다. 멀리 청계산 머리로 흐르는 흰 구름이 더더욱 여유로워 보였다.

"자네는 스승이신 자하선생을 그리 자주 뵙지도 못하면서 그토록 깊은 깨달음을 얻었으니 대체 그 성취는 어디로부터 비롯된 것이란 말인가?"

"어찌 스승님을 자주 뵈어야만 깨달을 수 있단 말인가? 깨달음이랄 것도 없지만 그것은 누구나 깊은 생각을 즐긴다면 얻을 수 있는 것이라네. 또한 늘 가까이 둘 수 있는 책과 그림이 있는데 어찌 그것이 어려운 일이라 할 수 있겠는가? 학문을 한다는 자네가, 그것도 연경을 다녀와 알만한 자네가 그런 것을 묻다니 의외로군."

"허, 난감한 대답이로세. 자네는 벗의 체면은 안중에도 없는 사람이로군."

"옛적에 필굉(畢宏)이 장통에게 물었다네. 장통은 그림을 그리는 데 있어서 닳은 붓을 쓰고 채색에 있어서는 손가락과 손바닥을 이용하여 훌륭한 그림을 그려냈었지."

천의의 이야기에 추사는 호기심이 일었다.

"그래 무어라 물었는가?"

"필굉은 물었다네. 그런 뛰어난 그림을 대체 어디에서 배웠느냐고 말일세."

천의의 대답에 추사는 자리를 고쳐 앉았다. 어느새 또다시 안달이 나 있었던 것이다.

"그래 무어라 대답했는가?"

추사의 안달에 천의는 좀 더 뜸을 들이고 나서야 대답했다.

"밖으로는 자연이 스승이었으며 안으로는 마음속에서 우러나오는 생각만이 나의 스승이었다고 대답했다네."

"오! 저런. 대단한 대답일세. 과연 천하의 신선이 따로 없구먼."

추사는 고개를 끄덕이며 부드러운 수염을 쓰다듬었다.

"나 천의도 그리하려네. 외람되나 장통을 따라 자연을 스승으로 삼아 마음을 다스리려 하네."

"자하선생께서 들으시면 서운해하지 않으시겠는가?"

"그것은 또 다른 문제일세. 스승님은 스승님이고 자연은 자연이 아니던가? 어디서 무엇을 통해 깨닫고 배우든 깨닫고 배운다는 것이 중요한 것이 아니겠는가?"

"하긴 그러하네. 나 또한 초정 선생님을 비롯해 담계와 운대선생님을 스승으로 모시고 있으니 무슨 할 말이 있겠는가."

"배움에 있어서 그 근원을 따져서는 안 되네. 어린아이라 할지라도 우리가 배울 것이 있다면 그로부터 마땅히 배워야 할 것이네. 그런 배움의 자세가 되어 있지 않다면 어찌 제대로 된 배움을 얻을 수 있겠는가? 하물며 천하 이치의 근본인 자연을 배우고자 하는 데 있어서야 두말할 필요도 없겠지. 스스로 그러한 자연은 누구도 차별하지 않으며 제자로 받아들이기를 거부하지 않는다네. 누구나 자연을 벗 삼고 스승으로 삼아 그 깨달음을 얻어갈 수 있는 것이지. 만인의 스승이요 천하 사람들의 스승이 바로 스스로 그러한 자연이 아니던가."

천의의 호탕한 말에 추사는 그저 고개를 끄덕일 뿐이었다.

"스스로 그러한 자연은 누구도 나무라지 않으며 차별하지도 않고 거부하지도 않는다네."

말을 마친 천의는 붓을 들어 푸른 청계산을 그려내기 시작했다. 모옥 앞을 흐르는 냇물과 건너편 소나무 숲 그리고 멀리 푸른 청계산을 그려내기 시작한 것이다. 빼곡한 소나무 숲과 울퉁불퉁한 바위들, 그리고 잔잔히 흘러가는 맑은 냇물이 화폭에 솟아났다. 흰 구름은 유유히 청계산 머리 위를 흐르고 가는 길은 청계산으로 구불구불 오르고 있었다.

순식간에 그려낸 천의의 화폭은 그가 이미 신필의 경지에 올라 있음을 말해주고 있었다. 추사는 그저 넋을 잃은 채 바라볼 뿐이었다.

천의는 붓을 내려놓고 참았던 숨을 몰아쉬었다.

"이것은 그림이 아니라 도(道)일세. 단순한 그림이 아닌 도의 경지에 이른 것일세."

추사는 도를 말하며 천의를 추켜세웠다. 천의는 부끄러움도 자랑스러움도 없는 표정으로 긍정도 부정도 하지 않았다.

"언젠가 자네에게 말했지만 본래 붓이라는 것은 사용하여야 하는 것이지 사용당해 지는 것이 되어서는 안 되네. 또한 먹이라는 것도 우리가 사용해야 하는 것이지 먹이라는 것에 사용 당하여서는 안 되네. 붓과 먹이라는 것은 그림을 그리는데 있어서 없어서는 안 되는 아주 중요한 것인데 이 두 가지를 쓸 줄 모르고서야 어찌 붓을 든다 할 수 있겠는가?"

"자네의 말을 듣고 보니 그러네. 그 두 가지를 제대로 쓰지 못하고서야 어찌 절묘한 그림을 그려낼 수 있을 것이며 오묘한 글씨를 써낼 수 있겠는가? 자네의 말에 이 추사도 전적으로 공감을 표하는 바이네."

"또한 황공망이 사산수결(寫山水訣)에서 이르기를 그림을 그리는 데 있어 바르지 않은 것과 달콤한 것 그리고 속된 것과 의지하는 것은 반드시 버려야 할 것이라 하였네. 내 그 경지에는 아직 이르지 못했지만 항상 가슴 속에 담아두고 잊지 않으며 붓을 들고 있네."

"그러니 이런 그림을 그려낼 수밖에."

추사는 짧은 탄식과 함께 자신을 뒤돌아보았다.

실로 소중한 시간이었다. 어떤 스승이 있어 이런 진귀한 깨달음을 얻을 수 있게 해 주겠는가?

추사는 벗의 높은 성취에 부러움과 질투를 동시에 느끼기도 했다. 허나 질투는 곧 새로운 각오를 불러왔고 새로운 각오는 또 다른 의지를 일깨우는 계기가 되었다. 천의의 그림을 뛰어넘는 새로운 글씨를 만들어 내리라 다짐하게 되었던 것이다.

두 벗은 예술에 대한 이야기로 시간 가는 줄도 모르고 있었다. 이미 해는 머리 위를 지나 있었다. 이른 아침부터 시작된 이야기가 점심때를 넘어 있었던 것이다. 그럼에도 두 벗은 배고픔도 잊고 목마름도 잊고 있었다. 예(藝)가 도를 추구하는 경지에 젖어 있었기 때문이다.

"이 화폭에 자네의 글씨로 화제를 써넣는 것은 어떠한가?"

천의의 제의에 추사도 즐거웠다.

"도에 이른 자네의 그림에 나의 보잘것없는 글씨가 어울리기나 하겠는가?"

추사의 겸손에 천의는 껄껄웃음으로 답했다.

"천하의 글씨를 그리 낮추다니 이 천의를 욕보이려는 겐가?

천의의 말에 추사도 너털웃음을 터뜨리고 말았다.

추사는 벼루에 붓을 담가 먹을 듬뿍 먹였다. 그리고는 진지한 자세로 천의의 그림을 내려다보았다. 무엇을 쓸 것인가?

한동안 시간이 멈춘 듯, 두 벗 사이에는 침묵이 흘렀다. 추사의 몸은 바위가 된 듯 굳었고 천의는 여유롭게 추사의 손끝만을 바라보았다. 자못 기대된다는 표정이었다.

이윽고 추사의 손끝이 움직이기 시작했다. 어깨가 가볍게 흔들리고 온몸이 붓을 밀어댔다. 검은 먹 선이 살아나며 화폭 위에 수려한 글씨가 돋아났다. 화려한 그림과 수려한 글씨가 조화를 이루는 순간이었다.

外師造化 中得心源(외사조화 중득심원)

'밖으로는 자연만이 나의 스승이며 안으로는 마음에서 솟아나는 깨달음만이 나의 스승이로다.'

필굉의 물음에 대한 장통의 대답이었다.

추사의 글씨를 본 천의는 껄껄웃음을 터뜨렸다.

"오늘 내가 한 말을 그대로 화제로 쓰다니. 역시 추사답네. 아주 적절한 화제일세."

"부끄럽게도 벗의 가르침을 활용해 보았네. 아무래도 오늘 자네로부터 얻은 배움이 이 그림의 화제로는 가장 잘 어울릴 것 같아 그대로 한 번 써 보았네. 어떤가, 마음에 드는가?"

"마음에 들다마다. 그처럼 높이 평가해주다니, 나로서는 그저 고마울 따름일세. 더구나 자네가 그렇게 인정을 해 주니 그저 황송할 따름일세."

두 벗은 유쾌한 웃음을 터뜨리며 한가한 여름 한때 오후를 즐겼다. 쓰르라미 귀 따가운 소리가 한여름을 더욱 재촉하고 있었다.

6. 남도의 천재, 조선의 작은 대치가 되다.

　　추사 김정희는 또 다른 조선의 천재를 만났다. 그는 바로 남도의 허유였다. 그는 추사의 벗인 초의선사의 소개로 추사를 만날 수 있었다. 천재적인 허유의 재능을 알아본 초의선사가 추사에게 소개했던 것이다.

　　"자네의 그림은 볼수록 묘한 데가 있네. 재주는 갖추고 있는 듯 허나 그 솜씨를 제대로 발휘할 배움이 없었으니 실로 안타까울 뿐일세."

　　추사는 안타까움에 혀까지 차댔다.

　　"선생님의 가르침을 받고자 천 리 길을 멀다 않고 이렇게 달려왔습니다. 부디 내치지 마시고 모자란 제 손끝에 현명한 가르침을 내려 주십시오."

　　청년 허유의 간절한 부탁에 추사는 서릿발 같은 목소리로 말을 잘랐다.

　　"서권기문자향이라 했다. 어찌 손끝을 배우려 하느냐? 먼저 네 가슴 속에 글의 기운과 문자의 향기를 채워 넣도록 해라. 그것이 그림을 배우기 위한 첫 번째 과제이다. 일부 배우지 못한 무리들이 허접한 손끝 기술로 그림을 그리려 한다는 소리가 들리더구나. 그것은 그림을 최종목적으로 하는 소인배들이나 하는 짓이다. 진정한 그림은 가슴 속에서 나온 서권기와 문자향이 배어 있어야 하는 것이다."

추사의 서릿발과도 같은 훈계에 청년 허유는 머리를 조아리며 대답했다.

"선생님의 말씀 잊지 않고 가슴깊이 새기도록 하겠습니다."

청년 허유의 진정어린 대답에 비로소 추사의 얼굴에 평온함이 되찾아졌다.

"그림은 어떻게 배웠느냐?"

어느새 목소리마저 온화해져 있었다.

"예, 해남 녹우당(綠雨堂)을 찾아 공재(恭齋)선생의 화첩을 보고 흉내냈습니다."

"공재라?"

공재라는 말을 되뇌고 얼마간 침묵을 지킨 추사는 작심한 듯 입을 열었다.

"공재 윤두서나 겸재 정선, 현재 심사정의 그림이 세상에 널리 알려지긴 했으나 이들의 그림은 하나같이 배울 것이 못 된다. 이들의 그림은 보는 눈을 흐리게 할 뿐이니 앞으로는 이들의 화첩을 가까이하지 말거라."

추사의 말에 허유는 의아할 뿐이었다. 조선에서 내로라하는 화원들을 이렇게 하찮게 여기는 추사가 도도한 것인지 아니면 건방진 것인지조차 분간하기 어려울 지경이었다. 그저 놀라울 뿐이었다. 그러면서도 그는 추사의 말에 거역하거나 되물을 수 없는 힘을 느꼈다. 도저히 넘을 수 없는 산으로만 여겨졌던 것이다.

"알겠습니다. 선생님의 가르침을 따르도록 하겠습니다."

고분고분한 허유의 태도에 그제야 추사도 배움을 허락했다.

"배우고자 하는 열망이 네 가슴속에 가득 차 있으니 어찌 내치기야 하겠느냐? 바깥사랑채에 머물며 가르침을 받도록 해라."

추사는 허유의 배움을 허락했다.

청의 문인화를 그대로 받아들인 추사는 조선의 그림을 인정하지 않았다. 오직 서권기문자향으로 가득한 청나라의 문인화만이 최고의 그림이었던 것이다. 청의 화론에 맞는 그림만이 그림이었고 그 화법에서 벗어나 있는 그림은 그림의 축에도 끼지 못하게 했던 것이다. 조선 그림의 최고봉이라 일컬어지고 있던 공재 윤두서와 겸재(謙齋) 정선(鄭敾), 그리고 현재(玄齋) 심사정(沈師正)의 그림마저 인정하지 않았던 것이다. 조선 전통의 화법을 살린 공재 윤두서와 조선진경을 창안해 낸 겸재 정선 그리고 단원(檀園)과 함께 조선의 새로운 화풍을 일으켜 세운 현재 심사정마저 이토록 무시할 정도였으니 그의 청나라 정통 문인화에 대한 자존심이 얼마나 대단했던 것이었는가를 미루어 짐작할 수 있는 것이다. 그림은 오로지 청의 것이어야 했고 조선의 것이 조금이라도 섞여 있다면 그것은 이미 그림으로서의 가치를 상실하게 되는 것이었다. 허유에게서 조선이 빠져나가는 순간이었다. 이제 그에게는 추사만이 남아 있게 되었다. 오로지 추사의 가르침과 그림과 글씨만이 최고요, 배워야 할 것이 되고 만 것이다.

"자! 이것을 보고 그림을 연습하여라. 원의 사대가인 황공망(黃公望)과 왕몽(王蒙), 예찬(倪瓚) 그리고 오진(吳鎮)의 그림이다. 깊은 마음을 표현한 뛰어난 그림들이다. 간결한 필치로 나타낸 그들의 마음을 읽을 수 있을 것이다. 오랑캐에게 나라를 잃은 애절한 마음을 너무나도 잘 표현한 역작들이다. 열 번씩 그려 보거라. 일취월장할 성취가 있을 것이다."

추사는 열 폭의 그림본을 허유에게 내밀었다. 허유는 황공한 마음으로 손을 내밀어 그림본을 받아들었다.

"사대가 중의 황공망의 호가 대치(大癡)이니라. 그러니 너는 조선의 작은 대치(小癡)가 되어라."

추사는 그 자리에서 허유에게 조선의 작은 대치인 소치(小癡)라는 호까지 내렸다.

허유는 열심히 그림본을 본떴다. 그림에 대한 열정만큼이나 허유의 솜씨는 나날이 발전해갔고 추사의 마음도 흡족해졌다.

잔잔히 흐르고 있는 강물의 고요함과 쓸쓸히 물가를 지키는 나무 몇 그루, 주인 없는 정자와 거친 바윗돌, 먼 산과 흐린 하늘, 바람마저 멈춘 듯한 강가의 정적을 간결한 필치로 잘 표현한 용슬재도(容膝齋圖)였다. 예찬의 나라 잃은 슬픈 마음을 그대로 표현하고 있었다. 짧은 붓놀림과 간결한 필치는 먹을 금같이 쓰라는 말을 잘 이행하고 있었다. 완벽한 정적이었다.

"이 용슬재도를 그리며 무엇을 느꼈느냐?"

추사의 물음에 소치는 거침없이 답했다.

"나라 잃은 슬픈 마음을 정적과 간결한 필치로 잘 나타낸 작품이라 생각했습니다."

"그랬느냐? 그러면 정적과 간결한 필치는 무엇을 나타낸 것이더냐?"

추사의 물음에 소치는 머뭇거렸다.

"정적은 고요함이니 할 말이 없다는 것이고 간결한 필치는 쓸쓸한 마음을 나타내는 것이 아닌가 합니다."

소치의 말에 추사는 고개를 끄덕였다.

"의미를 깨닫고는 있으나 전부는 아니구나. 할 말이 없으니 스스로 이해하라는 뜻이다. 그림을 보는 이로 하여금 스스로 이해하라는 말이다. 알겠느냐?"

"예."

추사의 말에 소치는 미처 깨닫지 못한 것을 깨닫게 되었다.

"또한 간결한 필치는 할 말이 없으니 붓도 놀림을 적게 하겠다는 것으로 말과 붓이 일치되었다는 뜻이다. 먹을 금같이 아끼라는 말은 쓸데없는 기술로 그림의 품격을 떨어뜨리려 하지 말고 정말 필요한 붓질만 하라는 뜻이다. 이 예찬의 간결함은 할 말이 없으니 붓질도 최소화하겠다는 그의 절절한 마음을 화폭에 실은 것이다."

추사는 잠시 쉬었다가 다시 말을 이었다.

"나라 잃은 죄인이 무슨 할 말이 있겠느냐는 뜻이다. 말도 붓도 그저 필요한 만큼만 쓰겠다는 뜻이지. 이것이 우리가 이 그림에서 배워야 할 것이다. 간결한 필치의 기법과 그림의 화법을 배우는 것도 중요하겠지만 예찬의 충절과 지조를 본받아야 한다. 그것은 그냥 생기는 것이 아니다. 서권기 문자향에서 비롯되는 것이다. 그래서 가슴 속에 맑은 책의 기운과 향기로운 문자향을 지닌 선비만이 그림을 그릴 수 있는 자격이 주어지는 것이다."

추사의 서릿발과도 같은 가르침에 소치는 크게 깨우치는 바가 있었다.

추사의 지도아래 소치의 그림은 나날이 높아만 갔다. 자신의 가르침을 잘 따르는 소치를 두고 추사 역시 매우 흡족해했다. 급기야 추사는 소치를 두고 이런 말로 추켜세우기까지 했다.

"압록강 동쪽에서 이만한 솜씨는 보지를 못했노라."

병조참판의 자리에 있던 추사는 동지부사에 임명되어 부푼 꿈을 다시 갖게 되었다. 연경에 갈 기회를 얻게 되었던 것이다.

'얼마나 그리던 일인가? 무려 삼십 년이란 세월을 기다렸노라. 손꼽아 기다렸노라.'

추사는 설레어 잠도 설칠 지경이었다.

하지만 그 꿈이 익기도 전에 검은 구름이 추사를 향해 다가들었으니 그것은 김우명이라는 얄궂은 이름으로부터였다. 김우명이 대사간이 되어 윤상도를 다시 들고 나온 것이다. 그를 따라 안동 김씨들이 모두 들고 일어섰다.

대사헌 김홍근과 대사간 김우명이 입을 맞추어 이미 돌아가신 추사의 부친 김노경을 공격해댔다. 대사헌 김홍근은 사직서까지 제출했다. 이에 수렴청정 중이던 대왕대비 순원왕후는 추자도에 위리안치 되어 있던 윤상도를 끌어올려 몸소 국문(鞫問)을 실시했다. 그는 국문을 참지 못하고 허성을 불러내고 말았다. 윤상도는 능지처참을 당하고 허성은 다시 김양순을 불러냈다. 혹독한 매질을 참지 못한 김양순은 마침내 김정희를 입에 올리고 말았다.

"모든 것이 낱낱이 밝혀지고 말았사옵니다. 김정희를 불러 그에 맞는 벌을 내려야 할 것이옵니다."

기회를 잡은 안동김씨는 김정희를 그냥 두려 하지 않았다. 분노한 순원왕후(純元王后) 역시 이번에는 그냥 지나치려 하지 않았다. 순원왕후는 순조(純祖)의 비로 순조가 죽고 나자 어린 나이로 즉위한 헌종(憲宗)을 대신해 수렴청정(垂簾聽政) 중이었다.

"김정희를 불러라. 그로부터 모든 것을 직접 듣고 싶다."

하지만 추사 이미 도성을 떠난 뒤였다. 사태의 심각성을 깨달은 그가 충청도 예산 땅으로 물러났던 것이다.

추사는 앵무봉 아래 고택에 머물며 불안한 나날을 보내고 있었다.

불안한 마음을 추스르고자 먹과 벼루를 벗 삼아 글씨를 쓰고 그림을 그렸다.

하지만 불안한 마음은 여지없이 현실로 다가오고 말았다. 울긋불긋 현란한 옷차림의 금부도사가 시골 땅 예산에 모습을 드러낸 것이다.

쓸쓸한 가을비가 추적거리던 날 오후, 추사 김정희는 앵무봉이 내려다보고 있는 월성위묘 앞 왕자지(王子池)에서 금부도사가 가지고 온 어명을 받았다.

"이제 이 정겨운 땅을 떠나면 언제 다시 밟을 수 있을지 모르겠노라. 아마도 허리는 휘어지고 수염은 희어져 있겠지. 그때 다시 밟을 수 있을 지나 모르겠구나."

추사는 자신의 앞날을 불길하게 예감하며 도성으로 압송되고 말았다.

국문장에 당도한 추사 김정희는 모든 것을 체념하고 말았다. 아무런 대답도 하지 않았던 것이다. 계속되는 물음에도 한마디 하지 않았다. 그들의 물음을 긍정하는 것인지 부정하는 것인지도 알 수 없을 지경이었다.

'붓을 들어 세상을 밝히고 글씨로서 천하를 호령하려 했건만 간사한 쥐새끼 한 마리가 푸른 구름을 갉아 세상이 미치고 천하가 검게 물들어버리고 말았구나. 밝은 해는 가리어 어둡고 흰 달은 구름에 싸여 밝음과 어둠을 분별할 수 없으니 억울하고 또 억울할 뿐이로다. 언제나 세상이 밝아져 천하가 제자리를 찾을 수 있을는지.'

추사의 목숨은 바람 앞의 등불과도 같은 위기에 처해지고 말았다. 이대로 있다가는 추사도 윤상도와 김양순 그리고 허성의 뒤를 따를 것이 틀림없었다.

순원왕후는 노했고 추사는 죽을 운명이었다. 이때 나선이가 우의정 조인영이었다. 그는 풍양 조씨였다. 자신의 사람인 김정희를 그냥 죽게 놔둘 수는 없었던 것이다.

"대왕대비마마. 상벌은 공정해야 그 기강이 서는 법입니다. 중죄인은 반드시 증인을 대질해 심문해야 하는데 이제 그 증인들이 모두 죽고 없으니 어찌 무거운 죄를 논할 수 있겠습니까? 부디 의심스러운 죄는 가볍게 벌하소서."

조인영의 말에 순원왕후는 곤혹스러워했고 안동 김씨의 무리는 당황했다. 지나친 분노가 그만 그 꼬리만 자르고 머리는 살려두는 격이 되었기 때문이다.

대왕대비인 순원왕후도 공감을 표하며 조인영의 말을 받아들이고 말았다.

"의심스러운 죄는 가볍게 벌해야 한다는 우상의 말도 일리가 있다. 증거가 사라진 지금 그 죄를 밝히기 어려우니 옛 법에 따라 의심되는 죄는 가볍게 벌해야 한다. 그를 제주도 대정현(大靜縣)에 위리안치(圍籬安置)토록 해라."

이로써 추사는 죽음의 문턱에서 겨우 살아났다.

하지만 먼 제주도로 유배 길을 떠날 것을 생각하니 그저 아득하기만 했다. 더구나 멀고 먼 땅에서 언제 풀려날 수 있을지 알 수 없는 상황이 그를 더욱 절망스럽게 했다. 그래도 다행인 것은 어찌 되었든 살아났다는 것이었다.

추사는 외롭게 길을 떠났다.

제주도 대정에 이른 추사는 유배처에 도착해서 짐을 풀었다. 온돌방 한 칸에 툇마루가 있는 초라한 집이었다. 추사의 고통스러운 유배가 시작된 것이다.

추사는 먼저 가시울타리를 쳤다. 위리안치 된 몸이니 집 둘레에 가시 울타리를 쳐야 했던 것이다. 탱자나무를 잘라다 스스로 가시 속으로 갇혀 들었다. 그리고는 그 안에서 자신이 해야 할 일을 생각했다. 그동안 못다 한 추사체의 완성을 생각했던 것이다.

"나라님께서 나에게 이곳에 머물며 추사체를 완성하라 하시는구나!"

추사는 이렇게 중얼거리며 자신만의 예술세계를 만들어 가리라 다짐했다. 어쩌면 추사의 말대로 추사체를 만들어내기 위한 좋은 기회인지도 몰랐다. 추사는 될 수 있는 한 모든 것을 긍정적으로 받아들이려 애썼다.

'현실을 현실로 받아들이라 했다. 부정하면 부정한 만큼 나에게는 고통으로 보답할 것이다. 오직 대정현의 법대로 살리라. 위리안치 된 몸이 더 무엇을 바라랴.'

추사는 답답하고 외롭고 힘든 상황이었지만 그 스스로 현실을 개척해 나갔다. 그것이 실사구시를 실천하는 길이라 생각했기 때문이다.

그러면서 은근히 바란 것이 있었으니 그것은 뭍으로부터 날아드는 소식이었다. 뜻하지 않게 날아든 서신이 이렇게도 고맙고도 반가운 것인지 이제야 비로소 알았다. 가까운 살붙이는 물론 친한 벗인 권돈인과 조인영, 사랑하는 제자인 소치와 우선 등 많은 사람이 안부를 묻고 걱정하는 위로의 글을 보내주었던 것이다.

　따뜻한 툇마루 볕에 앉아 붓을 든 추사는 벗의 서신에 답을 쓰고 있었다.

　'바다 건너 멀리서 반갑고도 반가운 소식이 당도하니 울안에 갇힌 이 몸은 기뻐 어쩔 줄 몰랐답니다. 기다리느니 서신이요 소식인데 뜻하지 않은 서신을 받고 정겨운 글씨에 또 한 번 눈물을 흘리고 말았답니다. 어느 세월에나 시모임을 열고 함께 웃고 이야기를 나눌 수 있을는지요. 그저 막막하고 아득하기만 하지만 그래도 희망은 희망인 법. 그 희망만은 버리지 않았으니 그런 날이 오리라 꼭 믿습니다. 위리안치 된 이 몸은 탱자나무 가시 울타리를 두르고 실사구시를 실천하고 있습니다만 낯선 풍토와 잦은 질병으로 고생이 이만저만이 아닙니다. 눈은 침침해지고 살갗은 문드러지니 이 무슨 병인지도 알 수가 없습니다. 더구나 비린내 가득한 이곳 음식이 입에 맞지 않아 더욱더 괴롭기만 합니다. 넋두리만 늘어놓으면 반가운 벗의 소식에 찬물을 끼얹는 것 같아 그만 하려 합니다. 힘겹고 고통스런 날들이긴 하지만 그래도 벗이 있어 반갑고 저를 알아주는 사람들이 있어 기쁘기만 하답니다. 우선은 연경을 잘 다녀왔는지 궁금하고 이재는 편안한지 궁금합니다. 멀리 바다 건너에서 외롭고 쓸쓸한 추사 씀.'

추사는 이렇게 서신을 왕래하며 소식을 나누는가 하면 시와 글씨를 전하고 학문을 토론하기도 했다. 탱자나무 가시 울타리에 둘러싸인 게딱지만한 움막집에 갇혀 지내고 있었지만 곁에 있는 듯, 이웃집에 있는 듯했던 것이다.

7. 세한지절(歲寒之節)의 정성

소치 허유는 제주도에 건너와 스승을 곁에서 모시며 그림을 배우고자 했다. 깊은 절망에 빠져 있던 추사에게는 허유의 방문이 지극히 고맙고도 대견한 것이었다.

"먼 길 오느라 고생이 많았구나. 서신이나 보내고 말 것이지 고생은 웬 고생이냐?"

"먼 곳에서 고생하시는 스승님을 두고 어찌 편안할 수 있겠습니까? 마음이 편치 않으니 몸이 편안할 수 없어 이렇게 달려오고 말았습니다."

허유의 솔직함에 추사는 빙긋이 웃고 말았다.

"들어가자꾸나."

추사는 허유에게 집안으로 들기를 권했다. 찌그러진 사립과 가시 담이 어쩐지 낯설기만 했다. 기우뚱 기운 한 칸짜리 초가집은 방 하나와 부엌이 전부였다. 그나마 바람을 피하고 서리를 면할 방과 불을 피울 부엌이 있다는 것이 천만다행이었다. 더구나 초가집은 따뜻한 양지쪽에 자리 잡고 있었다. 손바닥만 한 마당으로 따뜻한 햇볕이 내리쬐고 있었다.

"구덩이를 파고 가두지 않음이 다행이로다. 게다가 감시하는 옥졸마저 드문드문하니 위리안치 치고는 그래도 할 만하구나."

추사의 다행스러워하는 목소리에 허유도 마음이 놓였다. 곧 보따리를 내려놓고 부엌으로 들어가 살림살이를 살펴보았다. 순간, 허유는 한숨을 몰아쉬지 않을 수 없었다. 자신이 예측했던 것과 어쩌면 그리도 딱 들어맞는지 알 수 없었기 때문이다. 시커먼 아궁이만 놓여 있을 뿐 도무지 부엌이라고는 믿기지 않았다. 시커멓게 그을린 작은 솥 하나와 질그릇 두 개 그리고 나무로 임시 깎아 만든 젓가락이 전부였다. 그 외에는 아무것도 없었다. 허유가 한 숨을 쉬며 멍하니 서 있자 추사의 부드러운 목소리가 부엌으로 밀려들어왔다.

"어찌 그리 서 있느냐? 솥단지 하나와 질그릇 두 개만 해도 다행이지 않느냐? 위리안치 된 몸이 어찌 더 바라겠느냐?"

추사의 말에 허유는 그제야 몸을 돌리며 물었다.

"식량이 보이질 않으니 끼니때마다 어찌하셨는지요?"

"있으면 먹고 없으면 굶으라는 것이 위리안치의 형벌이거늘 어찌 부지런히 먹을 것을 구하려 하겠느냐? 가까운 이웃이나 병영에서 생각해 주면 끼니를 때우는 것이고 그렇지 못하면 굶을 수밖에."

추사의 말에 허유는 서둘러 부엌을 나섰다. 그리고는 고개를 숙여 가볍게 인사를 하고는 보따리를 챙겨 사립문을 나섰다.

"어디를 가는 게냐?"

추사는 뻔히 알면서도 물었다.

"잠시 다녀오겠습니다. 스승님."

허유는 간단한 생활도구며 식량을 사서 돌아왔다. 그리고는 부랴부랴 밥을 지어 올렸다. 추사는 얼마 만에 먹어보는 밥인지 몰랐다. 지금까지 이렇게 맛있는 밥을 먹어본 적도 없었다. 찬이라야 두어 가지 나물반찬이 전부였지만 지금까지 받아본 그 어떠한 밥상보다도 나은 것이었다. 임금의 수라상이 부럽지 않았다. 실로 막막하기만 하던 유배생활에 한줄기 빛이 보이기 시작했다.

허유는 진심으로 추사를 모셨다. 해가 뜨고 지기를 수없이 반복해댔지만 허유의 진심은 단 하루도 거짓이 없었다. 오직 진심으로만 스승을 모셨던 것이다. 추사는 그런 허유에게 그림을 가르쳤고 허유는 부지런히 배우고 익혔다. 허유의 그림세계는 높아졌고 추사의 유배생활은 즐거워졌다. 제자가 찾아와 진심으로 모시고 가르침을 받자 가르침의 즐거움이 마음을 기쁘게 했던 것이다. 스승의 즐거움에 허유는 더욱 정진하며 고상한 그림세계로 빠져들었다.

그는 바다를 건너와 추사를 모시며 그림을 배우고 글씨를 익히는데 전념했다. 실로 추사로서는 뜻하지 않은 정성이었다.

"네가 이처럼 어려움을 마다하지 않고 나를 따르려 하니 내 면목이 없구나."

"제자가 스승의 고난을 함께 하는 것은 당연한 것입니다. 어찌 별다른 일이라 하겠습니까?"

소치 허유는 진심으로 스승을 모셨다. 육지와 바다를 오가며 그것도 몇 달씩이나 곁에서 정성을 다해 모셨던 것이다. 소치는 육지 천 리, 바다 천 리 길을 이웃집 드나들듯이 하면서 추사를 모셨다.

우선 이상적이 건너왔다. 그는 연경에서 하우경(賀耦耕)의 황조경세문 편(皇朝經世文編)을 구해서 돌아오자마자 스승을 뵈러 온 것이다. 스승이 그토록 기다리고 기다리던 책이었다.

스승의 초라한 모습을 본 이상적은 눈물부터 흘려댔다. 안쓰러워 볼 수가 없었던 것이다.

"스승님, 이 어찌 하늘을 원망할 일이랍니까?"

우선의 눈물에 추사가 오히려 당황했다.

"나는 괜찮으니라. 이제 어언 오 년이 다 되어가니 몸에 익어 아무렇지도 않구나. 더구나 네가 연경에서 그토록 많은 책을 구해다 보내주니 이 얼마나 여유롭고 한가로운 삶이더냐. 또한 소치가 자주 오고 가며 초의도 들르니 나는 괜찮으니라. 걱정 말거라."

누가 누구를 위로하고 있는 것인지 모를 지경이었다. 우선의 꿇은 무릎을 일으켜 세운 추사는 어깨를 다독이며 안으로 들였다.

두 평 남짓한 작은 방에 스승과 제자가 마주앉으니 꽉 차 버리고 말았다. 아흔아홉 간 월성위댁 대감이 이런 곳에서 이런 생활을 하고 있으리라고는 짐작도 하지 못한 모양이다. 아무리 위리안치라 하지만 이 정도일 줄은 꿈에도 몰랐던 것이다. 그러니 더욱 서럽고 가슴 아플 뿐이었다.

우선 이상적은 자신이 꼭 그런 생활을 하고 있는 것만 같았다. 아니, 자신이야 역관의 신세이니 그런 생활을 한다는 것이 이해가 되었다. 견딜 만도 할 것이다. 하지만 스승인 추사는 그럴 분이 아니었다. 그것이 더욱 가슴 아프고 슬프게 했던 것이다. 추사는 그런 제자의 마음을 잘 알았다. 그래서 더욱 사랑스럽고 기특했다.

"초의가 그러더구나. 사람 사는 것이 다 그런 것이라고. 내 몸 눕힐 한 평도 큰 것이라고 말이다. 생각해보니 그 말이 맞는 것 같구나. 사람이 그 누운 곳을 욕심내는 것보다는 너 같은 진실한 마음을 만나는 것이 더 행복한 일이로구나. 소치 또한 정성을 다하고 너 또한 나를 위해 힘을 다하니 세상에 나만큼, 이 추사만큼 행복한 사람이 또 있겠느냐? 없을 것이다. 나는 그것만큼은 자부하느니라. 초의도 속세를 떠나 아무런 미련이 없다고 하면서도 그것만큼은 부러워하지 않을 수 없다고 하더구나. 그러니 먼 땅 제주도에 위리안치 되어 있는 몸이기는 하지만 세상에 바랄 것이 없노라. 그러니 슬퍼할 일도 가슴 아파할 일도 아니다. 내가 떳떳하고 부끄럽지 아니한데 무엇을 염려하고 무엇을 두려워하랴. 눈물을 거두어라."

추사의 말에 우선은 눈물을 훔치고 고개를 들었다. 추사의 온화한 얼굴에 핀 미소가 마치 선계에 든 것 같았다. 그런 스승의 얼굴에 우선은 문득 부끄러움을 느꼈다.

"연경에서는 모두 스승님의 글씨와 학문으로 난리입니다. 청의 학문이 조선으로 넘어갔다고 야단을 떨어대고 있습니다."

말을 마친 우선은 어렵게 메고 온 상자를 가리켰다. 황조경세문편이었다. 추사는 이미 그것이 무엇인지 알고 있었다.

"스승님께서 그토록 찾으시던 황조경세문편입니다."

"애썼구나! 네가 이토록 나를 위해 고생을 해대니 내 너에게 무어라 고맙다는 말을 해야 할지 모르겠구나."

평소의 추사와는 다른 모습이었다. 다른 때는 기뻐 어쩔 줄 모르며 책을 풀어보고 어루만지고 했건만 오늘은 달랐다. 제자의 아픈 마음에 미안했기 때문이다. 추사는 말없이 종이를 펼쳤다. 사랑하는 제자를 위해서였다.

"내 너에게 무엇을 해 줄 수 있겠느냐? 오직 글과 그림으로서 나의 마음을 너에게 전해주고자 한다."

우선은 스승의 마음을 알고는 먹을 갈았다. 추사는 붓 통에서 붓을 골라 들었다. 거칠고 메마른 갈필이었다.

"이것은 내 적적하여 만들어본 붓이니라. 갈필(葛筆)이지."

우선은 의아한 눈으로 추사를 바라보았다. 그가 알고 있는 스승은 아무런 붓이나 쓰지 않았기 때문이다.

"글씨든 그림이든 명필은 붓을 가리지 않는다는 말이 있다. 허나 그것은 어줍지 않은 사람들이 하는 말이다. 어찌 좋은 글씨와 좋은 그림을 얻는 데 있어 붓이 중요하지 않겠느냐. 구양순(歐陽詢)이 구성궁예천명(九成宮醴泉銘)이나 화도사비(化度寺碑)같은 글씨를 쓸 때 정호(精毫)가 아니었으면 어찌 가능했겠느냐. 해서 나는 서수필(鼠鬚筆)이 아니면 붓을 들지도 않는다. 아우 산천이 그렇게 많은 붓을 보내기도 했으나 모두 맞지 않아 되돌려 보낸 것이 십 수개에 이른다. 그것은 너도 잘 알 것이다."

추사의 말에 우선은 고개를 끄덕였다.

"붓이란 본래 강하고 부드러운 것을 따지지는 않는다. 하지만 털이 고르고 정밀해야 하며 거꾸로 박힌 털이나 나쁜 끝이 하나도 없어야 한다.

만약 그런 것이 있다면 붓을 만드는 사람의 정성이 빠진 것이니 어찌 그런 붓에서 좋은 글씨와 그림이 나올 수 있겠느냐. 때문에 왕희지가 난정서(蘭亭敍)를 쓸 때 서수필을 쓴 것은 당연한 것이다.”

“하온데 어찌 갈필을 쓰시려 하십니까?”

우선의 물음에 추사는 빙긋이 웃으며 다시 말을 이었다.

“서수필이나 좋은 황모필이 아니면 붓을 들지도 않았던 것은 내 마음이 흡족하고 윤기가 있을 때였다. 이곳에 와서 위리안치 되어 있으니 내 마음이 고단하고 힘에 겨워 때로는 갈필과 같이 거칠고 험한 붓으로 나의 심정을 헤아려내는 것도 큰 위안이 됨을 깨달았단다. 또한 그로 인해 나의 고통을 토해 낼 수 있으니 어찌 정겹지 않느냐? 이것은 내 손수 만든 갈필이다. 고통과 시련을 감당하기에 매우 적절한 도구가 되어 주더구나. 거칠고 메마른 선으로 나의 마음을 그려낼 수 있으니 어찌 보배롭다 하지 않을 수 있겠느냐? 때로는 그 자리한 곳에 따라 마음도 도구도 달리해야 한다는 것을 새롭게 깨달았다. 참으로 적절한 것이다.”

우선은 마음이 아팠다. 서수필이 아니면 붓을 들지도 않았던 스승으로 하여금 거친 갈필을 들게 하는 현실이 너무나도 안타까웠던 것이다.

추사는 펼쳐진 종이 위에 붓을 대었다. 끝이 갈라지고 헤진 거친 갈필은 하얀 종이 위에 거친 선을 그려냈다. 밑으로부터 올려쳐진 붓은 길게 선을 그으며 올라가 시련을 이겨내는 소나무 한 그루를 그려냈다. 혹독한 세월을 이겨낸 거친 등걸이 눈을 사로잡았다. 그 옆으로 어린 소나무가 다시 그려지고 푸른 기상의 잣나무도 그려졌다. 송백(松柏)의 절개가 저절로 살아났다.

추사는 붓을 들어 잠시 호흡을 가다듬고는 다시 허리를 굽혀 거친 필선으로 움막집 한 채를 그려냈다. 매우 단순한 선으로 그려낸 움막집이었다. 추사가 머무는 모옥인 듯, 마음의 거처인 듯, 초라하나 기개가 있는 집이었다. 거친 땅에 솟아난 송백의 절개와 검소한 선비의 모옥이 절묘한 조화를 이끌어내고 있었다. 우선은 그림을 통해 스승의 마음을 잘 알 수 있었다. 선비의 높은 절개와 송백의 지조를 단순한 필선으로 거침없이 나타낸 뛰어난 작품이었다. 우선은 가슴이 찡해 옴을 느꼈다.

추사는 묵묵히 붓을 들어 오른쪽 상단으로 가져갔다.

歲寒圖耦船是賞阮堂(세한도우선시상완당)
'혹독한 세한의 세월을 그린 그림이니 우선 이상적은 감상해 보시게나.'

"혹독한 추위가 와야만 비로소 소나무와 잣나무의 푸름을 알 수 있다 했다. 변함없는 스승과 제자의 정을 보여주니 네 마음에 감사하여 이 그림을 그려주는 것이다. 내 너에게 지금 해 줄 수 있는 것이 무엇이 있겠느냐? 연경을 오가며 수많은 서적과 금석을 전해주고 또 황청경해를 비롯해 지금 또다시 문편을 가져왔으니 그 변함없는 마음을 어찌 칭찬하지 않으랴. 세상에 흔한 것도 아니요, 멀리 산 넘고 물 건너 가져와야 하는 것이니 쉽사리 손에 넣을 수 있는 것이 아니어서 더더욱 그러하다. 세상인심이라는 것이 권세와 이익을 쫓기 마련인데 고생 고생하여 얻은 그것을 이 먼 바다 건너에 있는 힘없고 초라한 늙은이에게 가져다주니 그 마음이 소나무 잣나무와 같지 않고서야 어찌 그럴 수 있단 말이냐. 실로 가상하고도 기특한 일이다. 공자께서 말씀하시기를 혹독한 세한의 추위를 지내고 모든 나무가 시든 뒤에야 비로소 소나무와 잣나무의 푸름을 알 수 있다 했다. 이는 지금 너와 나의 일을 두고 이르는 말일 것이다."

추사의 말에 우선은 눈물을 흘렸다.

"분에 넘치는 칭찬을 주시니 이 제자는 그저 몸 둘 바를 모르겠습니다. 어찌 그토록 지나친 말씀을 주시는지요?"

"이것은 절대로 지나친 말이 아니다. 사실이 그러할 진데 어찌 그것을 지나치다 하느냐. 너에게 해 줄 수 있는 것이 이러함밖에 안 되는 현실이 도리어 안타까울 뿐이로구나."

말을 마친 추사는 다시 붓을 들어 그림의 왼쪽에 글을 써 내려가기 시작했다.

'지난해에는 만학집(晩學集)과 대운산방문고(大雲山房文藁)를 보내왔고 지금은 또 다시 황조경세문편을 가져왔으니 이는 실로 세상에 흔치 않은 일이로다. 그것들은 천만리 먼 곳에서 사들이고 여러 해에 걸쳐 얻은 것으로 손쉽게 얻을 수 있는 것이 아니었을 것이다. 세상은 야박하고 험악하여 권세와 이익만을 따르기 마련인데 이토록 마음과 힘을 다하여 얻은 것을 권세와 이익이 있는 곳에 보내지 아니하고 바다 멀리 초라하고 힘없는 늙은이에게 보내 세상 사람들이 권세와 이익을 추구하듯이 하고 있으니 이는 세상 사람들이 함부로 흉내 낼 수 있는 것이 아니로다. 그러니 어찌 가상하다 하지 않을 수 있겠는가? 옛적에 태사공(太史公)이 말하기를 "권세와 이익을 위해 함께 한 사람들은 반드시 권세와 이익이 다하면 흩어지기 마련이다."라고 했다. 우선도 세상 속의 한 사람임에도 불구하고 권세와 이익 밖에 홀로 서서 얽매임이 없으니 이는 권세와 이익을 가지고 나를 보지 않음인가? 아니면 태사공의 말이 잘못된 것이란 말인가? 공자께서 말씀하시기를 "추운 겨울이 온 뒤에라야 소나무와 잣나무의 시들지 않음을 알 수 있다."고 하셨다. 소나무와 잣나무는 일 년 내내 시들지 않아서 추운 겨울 이전에도 소나무, 잣나무요 추운 겨울 이후에도 소나무, 잣나무였는데 성인은 특별히 혹독한 겨울 이후의 모습만을 칭찬하였다. 성인이 특별히 칭찬한 것은 혹독한 겨울이 되어서도 시들지 않는 곧은 지조와 굳센 절개뿐만 아니라 혹독한 겨울이라는 계절에 느끼는 바가 있었기 때문일 것이다. 지금 우선도 내게 있어서 이전에도 더함이 없고 이후에도 덜함이 없으니 이는 성인의 칭찬을 받아 마땅한 것이로다. 완당노인이 쓰다.'

무르익은 문장이 슬픔과 측은함을 절로 자아냈다. 그러나 필체는 더할 나위 없이 굳세고 강건하기만 했다. 간결한 필치의 그림과 짝을 이루며 맑은 기풍과 고상한 절개를 유감없이 드러내고 있었다.

추사의 글을 본 우선 이상적은 오열을 터뜨렸다. 스승의 진실한 마음을 보고 울음을 터뜨리지 않을 수 없었던 것이다. 추사도 그런 그를 더 이상 말리지 않았다. 슬픔은 눈물로 해소하는 것이 가장 좋다 생각했기 때문이다.

우선은 떨어지지 않는 발걸음을 겨우 돌이켜 스승의 곁을 떠났다. 떠나보내는 추사가 오히려 힘들 지경이었다.

"부디 무사히 물을 건너도록 해라."

추사가 언제나 자신을 다녀가는 사람들에게 한결같이 해주는 말이었다. 바다를 건너는 것이 가장 위험하고 힘들다는 것을 몸소 겪어보아 잘 알고 있었기 때문이다. 우선 또한 그런 스승의 마음을 너무나도 잘 알고 있었다.

"건강히 계십시오. 스승님. 다음에 또 찾아뵙도록 하겠습니다. 그리고 이 세한도는 제가 연경에 가는 대로 여러 학자에게 보여 찬을 받도록 하겠습니다. 스승님의 글씨를 목마르게 기다리는 저들이 이것을 보고 나면 한층 더 스승님을 존경하고 그리워할 것입니다."

우선의 말에 추사는 고개를 끄덕이며 어서 가라는 듯이 손을 내저었다. 긴 이별은 서로에게 더 많은 슬픔만을 안겨준다는 것을 추사는 여러 번의 이별을 통해서 잘 알고 있었기 때문이다.

우선은 떠났고 추사도 멍하니 떠나는 제자를 바라보다가는 그 모습이 보이지 않자 그제야 비로소 몸을 돌렸다. 추사의 움막집은 또다시 고요함으로 물들었다. 추사의 먹 가는 소리만이 부드럽게 들려왔다.

우선은 스승의 세한도를 가슴에 품고 연경으로 향했다.

연경에 이른 그는 벗인 오위경(吳偉卿)의 잔치에 초대되었다. 추사의 글씨와 그림을 가져왔다는 말에 연경의 이름난 학자만 열여섯 명이나 모여들었다. 청유(淸儒) 십육 인이라 일컬어지는 사람들이었다.

이들은 모두 기대에 가득 찬 눈빛이었다. 숨이 멎는 순간이었다. 우선이 세한도를 펼쳐놓자 동시에 감탄의 소리가 터져 나왔다. 놀랍고 황홀한 순간이었다.

"오! 과연 일세의 명품이로다."

"이처럼 간결하면서도 깊은 맛이 풍기는 그림은 예찬 이후로 처음이로고."

"어찌 이다지도 힘 있고 운치 넘치는 필법을 구사할 수 있단 말입니까? 오직 추사만이 가능한 일일 것입니다."

연경의 학자들은 벌린 입을 다물지 못했다. 오직 찬사의 말만을 던져댈 뿐이었다.

"그동안 더욱더 높은 경지에 이르렀구나."

"먼 섬으로 유배를 갔다더니 정진을 위한 유배였구나!"

반증위가 던진 말이었다.

"조선의 유배는 학자로 하여금 글을 짓고 글씨를 연마하게 하는 것인가 보구려."

해우 오찬의 말에 모두 그런가 하고 고개를 끄덕이기조차 했다.

"스승님의 세한도에 여러분의 찬을 받았으면 합니다만."

우선의 말에 이들은 너도나도 붓을 들어 찬을 쓰기를 원했다.

"내가 먼저 할 것이오."

먼저 반증위가 나섰다.

'추사는 조선의 뛰어난 인물

일찍부터 높은 이름 산하를 울렸다네.

명성 높으니 시기도 높아

속세의 그물에 걸리고 말았구나!

흐르는 탁한 물을 보라

어찌 선비의 맑음을 알랴

풍진 속을 헤매다가

어진 사람 만났으니

스승과 제자 한결같구나.

세한의 추위에도 시들지 않는

저 소나무 잣나무처럼

다 같이 굳세고 곧기만 하구나.

우선 선생의 부탁으로 반증위가 쓰다.'

반증위의 찬을 이어 요복증이 나섰다.

"첫 번째 영광은 빼앗겼으나 두 번째는 어림없는 일이오. 이 남사가 써야겠소."

남사 요복증의 말에 청유 십육 인은 껄껄웃음으로 받으며 양보했다.

"추사의 세한지도(歲寒之道)가 어디를 가리오. 만 리 먼 길을 달려왔으니 이 몸을 위해서도 기다려 주리라. 그렇지 않습니까? 우선."

풍계분의 호탕한 물음에 우선이 환한 웃음으로 맞받았다.

"당연하지요. 여러분의 찬을 받고자 먼 길을 일부러 달려온 몸입니다. 어찌 기다리지 않을 수 있겠습니까?"

우선의 말에 풍계분은 안도의 한숨을 내쉬었다. 그의 그런 우스꽝스러운 태도에 청유 십 육인은 다시 한 번 유쾌한 웃음을 터뜨렸다.

요복증은 붓을 들어 진지하게 찬을 써내려갔다.

'절개와 지조가 빼어나

세한지절에 푸른 것을 그리워하는구나!

제 신세의 혹독함을

세한의 모습으로 그려냈네.

온갖 풀 다 쓰러져 시든 때에

얼음과 눈 속에서

홀로 힘써 지탱하니

세한지절에 고고함이로다.

남이 알아주든 말든

소나무와 잣나무가 서로 의지하듯이

우리 그렇게 백 년을 약속해 봅시다.

우선 대아에게 전하게 하며 남사 요복증이 쓰다.'

"세한지절에 어울리는 찬이로다."

"추사의 혹독한 현실과 빙자옥질(氷姿玉質) 같은 마음을 잘 표현한 것이로다."

오현 반희보와 남난릉 조진조의 칭찬이 연이어졌다.

"두 분의 찬에 스승님께서도 기뻐하실 것입니다."

우선의 말에 요복증이 나섰다.

"추사께서 모자란 이 몸의 글에 읽고 기뻐해 주신다면 그보다 더 한 영광이 어디 있겠습니까? 요씨 가문에 영광이 내림이지요."

남사 요복증의 말이 끝나자 양호 장악진이 나섰다. 그는 묵묵히 붓을 들어 찬을 썼다.

'하늘은 사람이 추위를 싫어한다 해서 겨울을 없애지는 않는다. 이와 마찬가지로 군자도 세상이 타락했다 하여 그 행실을 바꾸어서는 안 된다. 절개와 지조가 굳고 곧으면 군자는 어떤 어려움에 처하더라도 그 바름을 잃지 않을 것이다. 양호 장악진이 부끄러움을 무릅쓰고 몇 자 적다.'

장악진의 뒤를 이어 반준기가 짧게 한 줄 썼다.

'격조와 문기(文氣)가 가득하니 황공망이나 예찬이 이를 본다 해도 입을 다물지 못할 것이로다. 길게 쓴다면 오히려 욕될 것이로다. 반준기.'

장악진과 반준기의 찬에 이어 주익지, 장목, 오찬, 조무견 등 청유 십육 인이 모두 추사의 찬을 이어 썼다. 하나같이 추사의 세한지절을 찬양하는 글과 시였다. 우선은 흡족하기 이를 데 없었다.

"스승님께서 여러분의 찬을 보시고 기뻐하실 것을 생각하니 마음이 조급해지기만 합니다. 거듭 감사의 말씀을 드리지 않을 수 없습니다."

우선의 감사에 장수기가 나섰다.

"감사는 우리가 우선에게 드려야 할 것입니다. 이처럼 뛰어난 명품을 보여주시기 위해 가까운 거리도 아니고 만 리 먼 길을 마다하지 않으셨으니 우선의 그 정성에 그저 감복할 따름입니다."

"맞습니다. 그 스승에 그 제자이십니다. 사람을 사귀는 데 있어 그런 정성으로 다하시니 누가 싫어한다거나 물리칠 수 있겠습니까?"

장수기의 말을 귀안 오순소가 받은 것이다.

"어찌 추사의 신세가 그처럼 처량하게 되었단 말입니까? 두루마리 하나에 하늘의 높은 뜻을 새겨 뒤에 시드는 소나무와 잣나무의 절개를 빌리고 그로 하여금 선생의 아픈 마음을 전하게 하시니 이 어찌 처연하지 않을 수 있단 말입니까?"

말을 마친 장요손은 눈물을 훔치며 처량하게 흐느껴댔다. 실로 엄숙하고도 처연한 분위기였다. 자리에 앉은 청유 십육 인은 모두 눈물을 흘리며 추사의 처량한 신세를 한탄했다.

우선은 스승의 위치를 새삼 절감할 수 있었다. 조선 사람이 연경에서 이처럼 대접을 받는 일은 전에도 후에도 없을 것이었다. 실로 감개가 무량하고 가슴 벅찬 일이었다.

청유 십육 인은 모두 글을 토해내고 문장을 지어 추사의 일을 진실로 안타까워했다. 또한 세한도를 통해 드러난 그의 맑고 고상한 절개와 기풍을 흠모해 마지않았다.

우선의 의리와 정성을 통해서는 사제간의 돈독하고 지극한 마음을 높이 칭송하며 사모하는 마음을 감추지 않게 되었다.

우선이 받은 청유 십육 인의 제(題)와 찬(贊)은 다시 추사에게 전해졌다. 그로 인하여 추사는 청과 조선의 인연이 깊음을 다시 한 번 확인했으며 이는 오랜만에 그의 얼굴에 기쁨의 빛이 서리게 해주었다.

추사가 자신만의 글씨를 완성해갈 즈음 아들 상우가 찾아왔다. 소치와 우선을 비롯하여 초의, 신헌(申櫶) 등이 위로차 방문한 후였다. 벗과 제자들이 뻔질나게 드나드는데 자식 된 도리로서 가만히 있을 수만은 없었던 것이다. 더구나 상우는 하나밖에 없는 피붙이였다. 서자이기는 했지만 피를 나누어 준 자식은 오직 그뿐이었다.

따뜻한 툇마루에 앉은 부자는 양지바른 쪽에 일찍 꽃망울을 터뜨린 수선화를 이야기꽃으로 삼았다.

"수선화는 아름다운 꽃이다. 이곳에서 큰 구경거리중의 하나이다. 손바닥만 한 틈만 있으면 온통 수선화가 자리 잡고 앉아 꽃을 감상할 기회를 주니 어찌 기특하지 않으랴. 이른 봄에 피기 시작해 날씨가 온화해지면 천지가 온통 수선화로 가득하니 절경 중의 절경이니라. 산과 들은 물론 밭두둑 사이에도 마치 흰 구름이 질펀하게 눌러앉은 듯 깔려 있으니 흰 눈이 늦게 내려앉은 듯 허니라."

"아버님의 말씀대로 정말 수선화가 많습니다. 올라오면서 이렇듯 아름다운 광경은 처음이라 생각했습니다."

"강남에서만 볼 수 있다는 이 귀한 수선화가 아니더냐? 하지만 무식한 사람들이 이를 모르고 말과 소의 먹이로 쓰는가 하면 호미로 파내어 버리니 안타깝기 그지없구나. 게다가 없애도 다시 나고 파내도 또다시 나니 사람들이 이를 마치 원수같이 대하고 있다. 이 귀하고 귀한 것이 제자리를 얻지 못함이 과연 누구의 탓이더냐? 무식하고 무지한 사람들 탓이더냐, 아니면 있을 곳에 있지 아니하고 자리를 찾지 못한 꽃의 탓이더냐?"

추사의 물음에 상우는 빙긋이 웃으며 답했다.

"아름다운 꽃도 그 있음의 자리를 제대로 가져야만 대접을 받는 것이 아닌가 합니다. 저 수선화가 대접을 못 받는 것도 이 무지한 땅에 난 탓이 아닌가 합니다.”

상우의 대답에 추사는 손사래를 쳐댔다.

“그렇지는 않다. 무지한 땅에 난 수선화라 하여 어찌 대접을 못 받는다 하겠느냐? 그것은 일부만 보고 전부를 보지 못함이다. 내가 수선화의 아름다움을 인정하고 네가 그 빼어난 모습을 알아주지 않더냐? 누군가는 그 아름다움을 알아보게 마련인 법이다. 내가 비록 이 험난한 곳에 묻혀 있지만 나의 추사체는 연경에서 널리 알려져 있지를 않더냐? 우선이 받아온 세한도의 제와 찬을 보고 나는 하염없이 눈물을 흘렸단다. 나의 신세가 처량해 운 것이 아니라 세상이 나를 알아주고 나의 추사체를 알아주기에 그랬던 것이다.”

추사는 잠시 쉬었다가 다시 말을 이었다.

“그것은 곧 나를 알아주고 추사체를 알아준 것이 아니라 이 고통과 시련 속에서 이루어낸 나의 노력을 알아주었다는 것에 대한 감격의 눈물이었단다. 남들이 나를 알아주고 추사체를 알아주니 이는 곧 나의 노력을 알아주는 것이 아니겠느냐. 그것이 기쁘고 또 기뻤던 것이다.”

추사는 계속 말을 이었다.

“눈은 침침해 보이지 않고 팔은 뻐근해 붓을 들기도 힘에 겨웠지만 나는 결코 멈추지 않았다. 추사체를 위해 쓰고 또 썼지. 그 결과 세상 사람들이 나의 글씨를 입에 올리게 된 것이다.”

“이 모진 세월을 이겨내시고 스스로 가셔야 할 길을 찾아 묵묵히 가시니 소자는 그저 존경스럽고 또 존경스러울 따름입니다.”

"부단히 힘을 쓰도록 해라. 글씨는 먹을 쓰고 붓을 쓰는 만큼 일어서는 것이다."

추사의 눈빛이 강렬하게 빛을 발했다. 자신의 모든 것을 피붙이인 자식에게 전해 주려하니 자연히 긴장하고 정성을 다하지 않을 수 없었던 것이다.

"그러나 그 일어섬은 반드시 바른 길을 찾아 떠날 때 제대로 일어설 수 있는 것이다. 잘못 된 길을 가면 그 헛됨이 고치기 어려워 되돌릴 수 없는 지경에 이르니 반드시 조심해야 할 것이다."

"그 바른 길은 어떻게 들어야 하는지요?"

상우의 물음에 추사는 다시 입을 열었다.

"그 바른 길은 반드시 유전입예(由篆入隷)에 있다. 순박함과 고졸함을 간직한 서한(西漢)의 전서(篆書)로 말미암아 예서(隷書)로 드는 것이다. 나는 그것을 이루기 위해 팔뚝 아래에 삼백구비를 갖추었다. 한예자원(漢隷字源)에 실린 삼백 구개의 비문글씨를 베껴 쓰고 또 베껴 써서 팔뚝 아래에 모두 갖추게 되었다는 말이다."

"그래서 전서기가 살아있는 것이로군요. 사람들이 이르기를 아버님의 글씨에는 순수함이 묻어있다 합니다. 또한 글씨가 힘차고 예스러운 것이 마치 허공을 가로지르고 태산을 밀치듯 해서 의젓한 사람과 고상한 인물을 눈앞에 대하고 있는 듯 하다합니다. 뿐만 아니라 연경과 조선에서 좋은 글씨를 많이 보았다는 사람들도 말하기를 아버님의 글씨는 속기를 벗어나 있어 그럴듯하게 보이려는 쓸데없는 기교를 뽐내려는 글씨에 모범이 된다 하였습니다. 버려야 할 것을 버리고 갖추어야 할 것만을 갖춘 훌륭한 글씨라 하였다 하였습니다. 그러면서 아버님의 글씨만한 것이 없다고들 모두

찬사를 아끼지 않았다 합니다. 덧붙여 말하기를 심획(心劃)을 보면 평소의
모습을 알 수 있다면서 아버님을 한 번도 뵙지 않은 연경의 학자들도 존경
하는 마음을 금할 수 없다고 했다 합니다."

상우는 우선으로부터 들은 이야기를 전했다. 추사는 흡족했고 입가에
미소가 피어올랐다.

"이것은 내가 초의에게 보내려던 것이다. 바다를 건너거든 해남에 들러
전해주고 가거라."

추사는 한쪽에 갈무리해 두었던 글씨를 펼쳤다.

一爐香室(일로향실)
'화로 하나 있는 향기로운 다실'

추사체의 진수를 보여주는 글씨였다. 예스럽고 순수하며 힘이 넘치는
멋들어진 글씨였다. 획의 삐침과 뻗음, 그리고 내리그음과 올려붙임이 구
양순의 힘찬 구결을 넘어 비문글씨의 굵고 묵직한 필획을 그대로 느끼게
했다. 금석기가 살아난 참으로 개성 넘치는 아름다운 글씨였다.

상우는 입을 벌린 채 말을 잊었다.

"나는 어려서는 동기창체를 주로 썼고 연경을 다녀온 후로는 옹방강체
를 좇았다. 그런 연후에야 비로소 소동파와 미불을 얻었고 그로 인해 구양
순을 흉내 낼 수 있게 되었지. 이제 금석을 바탕으로 어느 것에도 구애받
지 아니하며 붓 가는 데로 마음껏 휘두르니 이런 힘차고 개성이 강한 글씨
가 나오게 된 것이다."

"힘차고 아름다운 글씨가 이제껏 보지 못한 것입니다. 이러니 모두 아버님의 글씨를 두고 찬사의 말을 아끼지 않는 것일 것입니다."

상우의 말에 추사는 그저 흐뭇한 웃음을 지을 뿐이었다.

"나는 이제껏 글씨를 위해 붓을 들었다. 난을 치지 않은 지가 오래되었으나 너를 위해 난을 쳐보련다."

추사는 종이를 펼치고 붓을 들었다.

"그림 중에는 난초가 가장 어렵다. 그것은 그림이 아니라 글씨이기 때문이다. 이는 예서를 쓰는 법과 같아서 반드시 서권기문자향(書卷氣文字香)이 갖추어져 있어야만 한다. 그렇지 않으면 어림없는 일이지. 그렇기에 반드시 글씨를 쓰듯이 해야지 그림 그리는 법으로 손을 대었다가는 망치고 만다. 그리하려면 차라리 붓을 들지도 않는 것이 낫다."

추사는 붓을 대어 화폭의 한가운데에서 힘 있게 선을 그어갔다. 검은 먹선이 가늘고 힘차게 피어났다. 아무렇게나 뻗은 듯 나아갔지만 그것은 결코 아무렇게나 그은 것이 아니었다. 화폭을 가르며 위와 아래로 가늘고 길며 굵고 짧은 선이 조화를 이루어 냈다. 봉의 눈이 그려지고 용의 비늘이 떨어져 내렸다. 촘촘한 듯, 성긴 듯 그려지는 난 잎이 수려하고 빼어났다. 금석의 기운이 도는 가운데 예(隸)의 필치가 선으로 살아났다.

"난을 치는 데 있어 그림의 영역으로 빠져들면 이는 바로 마귀의 길로 떨어져 내림과 같다. 결코 그리해서는 안 된다."

추사는 굳은 땅 위에 짧은 난 잎을 그려냈다.

아기자기한 꽃잎이 피어나고 맑은 향이 솟구쳤다. 흰 종이 위에서 난향이 솔솔 피어나는 듯했다.

"예로부터 산수나 매죽 화훼에는 대가가 있었지만 오직 난만은 그렇지 못했다. 그것은 난에 관심이 없어서가 아니라 난이 그만큼 어려웠기에 그러한 것이다. 황공망, 문징명 같은 이들도 난을 잘 그리지 못한 까닭이 바로 여기에 있는 것이다."

"그렇다면 난을 잘 치려면 어찌해야 하는지요?"

"난을 잘 치려면 두 가지가 필요하다. 그 첫째는 삼전(三轉)의 묘(妙)를 살리는 것이다. 삼전의 묘란 난을 치는 데 있어 반드시 붓을 세 번 굴리라는 것을 말함이다. 잘 보거라."

말을 마친 추사는 다시 붓을 대었다. 거침없이 나아가던 붓이 끊기듯 뚝 끊어졌다가는 다시 이어지기를 반복했다. 그렇게 난 잎 하나를 세 번에 걸쳐 그어냈다. 한 번에 그은 난 잎보다 훨씬 세련되고 자연스러웠다. 마치 바람에 잎이 흔들리듯, 시련을 견디는 모습이었다.

상우는 고개를 끄덕였다. 알겠다는 뜻이었다.

"그럼 다른 한 가지는 무엇인지요?"

상우의 물음에 추사는 붓을 내려놓았다. 그리고는 상우의 눈을 바라보며 진지하게 입을 열었다.

"그것은 아까도 말했지만 난을 치는 사람의 인품과 교양이다. 가슴 속에 책의 기운과 문자의 향기를 갖추는 것이지. 그래야만 진정한 난향을 피워낼 수 있는 것이다."

"그와 더불어 부단한 노력이 필요한 것이로군요."

"그것은 다음의 문제이다. 정사초(鄭思肖)나 조맹견(趙孟堅), 정판교(鄭板橋) 같은 사람들의 인품을 보거라. 이들의 인품이 모두 고고하고 뛰어나

지 않더냐. 인품이 앞서면 난은 저절로 따라오게 되어 있으니 먼저 인품을
갖추고 난을 바라본다면 능히 얻을 수 있을 것이다.”

　잠시 말을 끊은 추사는 짧은 한숨을 몰아쉬고는 다시 이었다.

“하지만 나는 아쉽게도 그 백 분의 일에도 미치질 못하고 있다. 그를 통
해서 비로소 옛것을 배우는 것이 가장 어려우며 그중에서도 난 치는 것이
더욱 어렵다는 것을 알게 된 것만으로도 다행으로 여기고 있다. 그러니 어
찌 난 치는 것이 어렵다 하지 않을 수 있겠느냐.”

　말을 마친 추사는 붓을 들어 다시 화제를 써내려갔다.

　‘자고로 난을 칠 때에는 마음을 속이지 않는 것으로부터 시작해야 한
다. 잎 하나, 꽃술 하나라도 부끄러움이 없어야만 남에게 보여줄 만한 것
이 되기 때문이다. 모든 눈이 지켜보고 모든 손이 바라보니 어찌 두렵지
않을 손가? 난을 치는 이는 반드시 진실과 성실로 마음을 바르게 하는데
서 부터 출발해야 하는 것이다. 그래야만 비로소 시작을 얻었다 할 것이
다. 아들 상우에게 써 보이다.’

　고졸하면서도 조야한 멋을 풍기는 불기심란(不欺心蘭)이었다. 추사는
화제를 통해 아들 상우로 하여금 모든 일의 시작이 진실과 성실함임을 이
야기해 주고 싶었다. 하나뿐인 피붙이로 하여금 진실과 성실을 알게 하고
싶었던 것이다. 그런 아버지의 마음을 안 상우는 공손히 고개를 숙여 답했
다. 이심전심이었다.

　추사가 아들 상우에게 그려 준 불기심란(시우란. 示佑蘭)은 정법(正法)

으로 그린 대표적인 난이다. 이는 아들에게 바른길을 가르치기 위해 그런 것이다. 편법이 아닌 정법으로 그려 보임으로서 상우가 바른길을 가기를 바랐던 것이다.

"아버님, 그런데 저것은 무엇입니까?"

상우는 벽에 걸린 완당선생해천일립상(阮堂先生海天一笠像)을 보고 물었다.

상우의 물음에 추사는 미소를 지으며 답했다.

"저것은 허소치가 그려준 나의 모습이다. 내가 동파입극도(東坡笠屐圖)를 걸어놓은 것을 보고 지난번에 와서 그린 것이다."

상우는 소치의 해천일립상을 바라보았다. 온화한 눈빛에는 날카로움이 살아 있었고 휘날리는 긴 수염은 부드럽기 그지없었다.

하지만 거친 도포의 구김 선은 고단한 삶의 표식이자 남루한 유배생활의 상징이었다. 게다가 삿갓 쓰고 나막신을 신은 모습은 처연한 추사의 모습을 숨김없이 그대로 드러내고 있었다.

"스승이신 담계선생께서 이르시기를 옛 경전을 즐긴다 하셨고 운대선생께서는 남이 말한 것을 말하고 싶지 않다고 하셨다. 이는 내 평생 가슴속에 깊이 새긴 말이었는데 어찌하여 바닷가에 삿갓을 쓴 모습이 원우(元祐)의 죄인인 동파(東坡)를 닮아 있더란 말이냐?"

추사는 쓸쓸히 웃음을 지으며 소치의 완당선생해천일립상을 바라보았다. 그런 아버지의 모습에서 상우는 더욱 가슴이 쓰라렸다.

마침내 추사에게 해배의 명이 당도했다. 무려 아홉 해라는 긴 세월 만에 주어진 자유였다. 유배생활에 지친 추사는 예산의 고택에 머물렀다. 월성위궁은 이미 안동김씨에 넘어갔다고 한다. 그러니 한양으로 올라간다 한들 발붙일 곳도 마땅치가 않은 처지였다.

편안함과 그리움을 주는 고향땅이 그래도 지친 추사에게는 커다란 위안과 힘을 주었다. 그래서 그는 언제나 지치고 힘들 때면 예산 땅으로 내려와 지내곤 했다. 시경루에 올라 시를 읊고 앵무봉에 올라 세상을 내려다보았다.

'이리도 편안할 수가 있던가? 세상사 먼지 구덩이 같은 권세에서 벗어나 이처럼 맑고 깨끗한 곳에 사는 것이 진정 의미 있으리라.'

추사는 붓을 들어 시를 써내려갔다. 우뚝한 필선이 솟고 유려한 글씨가 살아났다.

'먼 산 감돌아 절집을 둘러싸니
그 가운데 향기로운 샘물이 고요히 흐르누나.
봉우리 위 푸른 안개 흰 이슬이 떨어지고
맑은 시내 자줏빛 서기가 맴돌아
피어나니 영화요 솟구치니 감회라
종소리 울리는 나루터에 서서
오는 행인 불러주고 건네주며
천만 년 억겁의 세월 용봉(龍鳳)을 기다리리.'

추사는 멀리 동쪽으로 희뿌옇게 피어나는 안개 사이로 높은 산을 바라보았다.

"삐쭉산 아래로 서기가 어리는구나."

시경루 안으로 훈훈한 바람이 불어들고 있었다. 곧 봄이 닥쳐올 것이었다. 입춘이 지났으니 계절은 어김없이 봄이건만 추사의 마음에는 아직도 한겨울이었다. 안동김씨의 세도에 밀려난 월성위가의 자존심이 한없이 차갑기만 했던 것이다.

'돌아가리라. 돌아가 이 치욕을 갚고 다시 일어서리라.'

추사는 마음을 다잡아먹었다. 물러나 치욕을 참느니 차라리 나아가 죽으리라 결심했던 것이다.

추사는 짐을 정리하여 한양으로 다시 올라갔다. 매화 열매가 익어가는 비 많은 계절이었다. 그러나 막상 올라오자 앞이 막막하기만 했다. 마땅히 머물 거처도 없었고 궁핍하기가 이를 데 없었다.

겨우겨우 삼호(三湖)에 집을 마련했다. 과지초당(瓜地草堂)은 너무 멀었고 성 안으로 들기에는 어림도 없었다. 삼호에 마련한 것만도 다행이라 여기며 추사는 기회를 엿보았다. 하지만 그 기회는 쉽사리 찾아들지 않았다. 안동김씨의 세도가 너무나도 막강했던 것이다.

8. 또다시 시련이 찾아들다.

추사는 날아드는 흰 갈매기 떼를 벗 삼았다. 머무는 곳까지 칠십이구초
당이란 이름으로 불렀다. 일흔두 마리의 갈매기가 날아드는 풀집이란 뜻
이다. 일흔둘이란 단순히 숫자를 말함이 아니다. 많다는 뜻이다. 옛사람들
이 많음을 가리킬 때 칠십이(七十二)라는 수를 썼기 때문이다.

추사는 가난하게 지내야 했다. 아무도 돌보아 주는 사람도 없었고 가진
것도 없었다. 그러나 마음만은 흡족했다. 구년이라는 긴 세월을 바다 건너
험한 땅에서 위리안치 되어 있던 몸이니 그까짓 가난이야 견딜만한 것이
었다. 그래도 이제는 자유롭게 흰 갈매기처럼 훨훨 날 수 있지 않은가 말
이다.

'싱그러운 풀빛, 쪽빛 물비늘

훨훨 나는 흰 갈매기
한가로워라 이 내 몸
세상이 온통 이 품 안에 있으니
삼호의 곁 칠십이구초당에서
예(藝)와 더불어 노니리.'

"화살과도 같이 빠른 세월일세."
"그러네. 자네의 검은 수염이 어느새 이렇듯 희어지고 말았으니 새삼
그 빠름을 실감할 수 있겠네."
"자네의 얼굴은 어떻고? 자르르 윤기 흐르던 얼굴이 어느새 거친 주름
투성이가 되어버리고 말았으니 이를 누구에게 하소연한단 말인가?"
두 벗은 오랜만에 만나 흐르는 세월을 탓하며 이야기를 나눴다. 추사가
유배에서 풀려나고 난 후 처음으로 얼굴을 맞대고 있는 것이다.
천의의 작은 모옥은 여전히 깔끔했다. 두어 그루 매화가 흰 꽃을 피워
올린 채 낮은 담장 옆에서 맑은 향기를 흩뿌리고 있었다. 푸른 소나무는
뒤뜰에서 변치 않는 지조를 드러내고 있었으며 몇 그루 대나무도 여전히
고절한 선비의 절개를 대신하고 있었다.
천의는 대나무를 그리고 있었다. 반가운 벗이 온다는 소식에 벗의 마음
을 달래줄 대나무를 그려내고 있었던 것이다. 오랜 세월 멀고도 거친 땅에
서 고생했을 마음을 달래주고자 함이었다.
"자네의 대 그림은 여전히 꼿꼿하기만 하네. 잘못 손을 대었다가는 그
만 손끝을 베이고 말겠네 그려."

추사의 말에 천의가 웃음을 흘리며 받았다.

"이것은 자네의 가슴 속을 그린 것인데 어찌 남 이야기하듯 그렇게 말하는가?"

천의의 말에 추사는 깜짝 놀랐다. 불편한 심기를 그대로 드러내 보인 것 같아 부끄럽기까지 했다.

"긴 세월 고생했네만 그것도 시련이려니 생각하고 말게나. 괜히 공공연히 떠들고 다니다가는 더 큰 고초를 당할지 모르니까 말일세. 세상이 어디 제대로 된 세상이던가? 누구나 아는 속된 세상을 자네같이 현명한 사람이 어리석게 처신하지는 않을 것이라 믿네. 그것이 이 천의의 마음을 또다시 아프게 하지 않는 길일세. 부디 조심하시게나."

천의는 진실로 안타까워했다. 또한 가슴 속 울분을 참지 못했다. 붓으로나마 그 울분을 삭이고 있는 중이었다.

"나는 세상일을 잊고 지냈네. 하지만 그 잊음에는 새로운 세상을 향한 몸부림으로 가득 차 있었네. 위리안치 되어 있으면서 새롭게 깨닫게 되었다네. 자네의 유유자적함을 나무란 적도 있지만 자네의 삶이 얼마나 현명한 것이었는지 이제야 비로소 알게 되었다네. 자네의 걱정은 쓸데없는 것일세. 늙고 병든 몸이 이제 무엇을 더 욕심내겠는가? 자연을 벗 삼고 붓과 더불어 노닐고 말리."

추사의 말에 천의는 미소로 답했다.

"잘 생각했네. 그렇다면 이 대나무는 잘못된 그림이 되고 말았군그래. 다시 그려봄세."

추사의 말에 천의는 신이 나 있었다. 종이를 펼치고 추사를 위한 붓을 다시 들었다. 이어 흰 종이 위로 야트막한 산이 일어서고 작은 절벽과 소나무 한 그루, 그 아래로 밭을 가는 농부가 살아났다. 한가로운 전원을 그린 풍경이었다. 밭의 가장자리로는 노란 생강나무가 은은한 꽃을 막 피워내고 있었으며 이른 진달래도 꽃망울을 준비했다. 맑은 시내는 졸졸거리는 소리와 함께 재잘거리며 계곡을 감싸 돌았다. 가늘고 긴 소로에는 농부의 벗이 구부정한 허리에 술병을 찬 채 밭을 향해 가고 있었다. 화사한 봄날, 벗과 함께 꽃술을 한잔하기 위함이었다. 실로 정겹고 한가로운 전원의 풍경이 아닐 수 없었다.

"어떤가? 자네는 밭을 갈고 나는 자네를 찾아 한 잔 술로 시름을 달래보는 것은?"

"자네의 화폭으로 보건대 시름은 대체 무슨 시름이란 말인가? 화폭 그대로 자연을 즐기고 벗을 즐기면 그만이지."

추사의 핀잔에 천의는 껄껄웃음을 터뜨렸다.

"그런가? 그렇다면 다행일세. 이제 자네의 마음속에서 모든 시름과 울분이 사라졌음이 분명하네. 나는 자네가 지난 긴 세월 동안 억울하게 위리안치 되어 있으면서 마음에 변화가 일지는 않았나 해서 무척 걱정했다네. 이제 다행히도 마음을 추스르고 본 모습을 찾았으니 편안히 글씨와 시로서 함께 즐겨보도록 하세나."

"고맙네. 자네를 만나고 보니 이제 그렇게 할 수 있을 것 같으이."

"가슴 속에 자연을 들여놓고 마음껏 즐겨 보세나."

천의는 추사의 안정에 무척 기분이 좋았다. 좋은 벗을 다시 잃을까 조마조마했기 때문이다. 천의는 추사가 지난 억울함을 울분으로 토해내 어지러운 세상에 다시 발을 들어놓아 또다시 고초를 당하지 않을까 염려했던 것이다.

"자네의 대나무 그림은 언제 보아도 시원하고 보기가 좋네. 그 비결이 대체 무엇인가?"

추사의 물음에 천의는 답했다.

"옛적에 동파(東坡)가 이르기를 흉중성죽(胸中成竹)이라 했네. 가슴 속에 대나무를 키우고 그 정신을 본받으란 말이지. 그런 연후에 마디마디 잎사귀 하나에도 법도를 따르며 오랜 기간 숙련을 쌓는다면 어찌 이루지 못하겠는가?"

천의의 말에 추사는 고개를 끄덕였다.

"자네의 말은 곧 서권기문자향(書卷氣文字香)을 말하는 것이 아닌가?"

추사의 말에 천의는 미소를 지었다.

"그렇다네. 가슴 속에 만권의 책을 쌓고 다듬어 문자향이 절로 피어난다면 배우지 않아도 절로 대나무는 피어나고 난은 솟구칠 것이네."

"그러네. 자네가 얻은 화론이나 내가 얻은 서론이나 통하는 곳이 있어 기쁘기 한량없네."

"붓은 하나일세. 그림을 그리든 글씨를 쓰든 그것을 사용함에 있어서는 오직 하나인 것이지. 서론이든 화론이든 그것이 어디 가겠는가? 붓에 먹을 묻혀 종이에 칠하는 것이라 하지 않았던가?"

천의는 호탕하게 웃음을 터뜨렸다. 추사도 천의를 따라 껄껄웃음을 터뜨렸다.

"벗을 만나 붓을 즐기고
스스로 그러함을 스승삼아
화폭을 펼치니
오로지 한가한 이 몸만 있어라.
벗은 웃고 나는 즐기니
붓은 흐르고 화폭은 피어나네.
마주앉은 두 사람
무릉(武陵)을 어찌 부러워하랴."

천의가 읊는 시에 추사가 답했다.

"그대의 그림은 시가 되고
나의 시는 그림이 되네.
푸른 산과 맑은 물
벗과 가는 길, 그리고 술 한 잔
이른 봄날의 여유를
이백(李白)이라서 어찌 부러워하지 않으랴."

"우리의 이 즐거움을 칠현(七賢)이라서 흉내 낼 수 있을까?"
"못할 것이네. 이 한가롭고 정겨운 시절을 어찌 감히 따라 할 수 있겠는가?"
두 벗은 호탕하게 웃으며 여유를 즐겼다.
"정판교가 이르기를 무소사승(無所師承)이라 했네."

"무소사승이라?"

"그러네. 나는 나 스스로 나임을 말하는 것이지. 스승이 없이 오직 스스로 그러함만을 따랐다는 이야기일세. 달빛에 비친 그림자와 회칠한 벽에 어린 그림자만을 보고 깨달음을 얻었다는 것이지."

"그 이야기는 나도 익히 들어 알고 있네. 정판교의 대나무 그림 이야기 말이지."

"그러네. 모든 예(藝)의 최종 목적지는 바로 무소사승이어야 하지 않는 가 생각하네."

"맞네. 이 추사도 그리 생각하고 있네."

"스승을 모시되 스승의 것은 칠 할만 얻고 나머지 삼 할은 내 것으로 채워야 하지. 그 삼 할이 바로 무소사승이 아닌가 하네."

"역시 천의 그대는 나의 벗일세. 어쩌면 그리도 나와 생각이 똑 같은가? 나도 그리 생각하네. 우리가 스승으로부터 배우기는 했지만 결국 우리는 스승의 그림자로부터 벗어나 우리만의 것을 얻어야 하네. 그래야만 비로소 예(藝)의 종착지에 다다랐다 할 수 있을 것이네. 나의 추사체가 그러할 것이며 자네의 그림이 그러할 것이네."

추사는 진지했고 천의는 진중했다. 두 벗의 예술론이 무르익어 가고 있었던 것이다. 무소사승과 예의 종착지를 두고 한 방향을 바라보고 있는 두 벗은 진정한 동반자였다.

따사로운 햇살 한 조각이 작은 모옥을 내리쬐고 있었다.

추사는 여유로운 시간을 보내고 있었다. 시와 그림을 벗 삼아 한가로이 노닐었던 것이다. 뿐만 아니라 많은 벗과도 교류를 가졌다. 초의가 찾아오고 천의와 이재 권돈인을 만나기도 했다.

그러나 또다시 불행한 그림자가 드리워졌으니 그것은 헌종의 죽음으로부터 시작되었다.

헌종이 죽음으로서 철종이 등극하고 철종은 또다시 순원왕후의 섭정을 받게 되었던 것이다. 이는 안동김문의 득세를 이야기하는 것이다.

김홍근과 김좌근이 순원왕후를 등에 업고 막대한 권력을 휘둘렀다. 그러니 반안김(反安金) 세력의 주축이었던 조만영, 권돈인, 이학수 등이 수세에 몰릴 것은 당연한 일이었다. 그러니 추사에게 있어서는 여전히 한겨울일 수밖에 없었다.

이런 정세는 철종의 할아버지인 진종의 위패를 모시는 일을 두고 안동김문과 반안김 세력 간의 극심한 충돌로 이어졌다. 두 세력이 함께할 수 없는 대척점에 서게 되었던 것이다. 영의정이었던 권돈인은 진종이야 철종의 개인적인 할아버지일 뿐이라며 종묘에 모시는 일은 합당하지 않다며 반대했다. 이에 기회를 놓칠세라 안동김문은 권돈인을 공격해댔다. 불충한 무리이자 조정을 어지럽히는 불순한 자들이라고 상소를 올렸던 것이다. 이들은 성균관 유생들까지 끌어들였고 마침내 사간원과 사헌부도 나서게 만들었다. 결국 안동김문의 올가미에 걸린 반안김 세력은 권돈인의 중도부처(中途付處)를 선두로 줄줄이 유배를 떠나게 되었다. 추사도 예외일 수 없었다. 예순여섯의 병약한 몸임에도 북청(北靑)으로 유배를 명받았던 것이다.

'아! 하늘이시여. 강가에 머물며 이 한 몸 무사하기만을 바랐건만 그마

저도 허락지 않으시니 어찌 이다지도 가혹하단 말입니까?'

추사는 울분에 휩싸였다. 대단한 부귀공명을 바란 것도 아니었다. 그저 강상에서 늙고 지친 몸을 쉬며 유유자적하고 싶었을 뿐이었다.

처음 삼호에 올라올 때는 정계에 복귀하겠다는 마음으로 올라오기는 했었다. 그러나 사정을 보니 그러기에는 자신이 너무 늙고 지쳐 있었다. 한때 희망의 빛이 보이기도 했으나 헌종의 죽음으로 인해 그 한 가닥 희망마저 던져버리고 말았다. 그런데 그 희망을 버리자 곧 재앙이 찾아들고 만 것이다.

'천의가 염려하던 말이 옳았구나! 내가 나서지도 않았는데 이 지경이니 만약 나섰더라면 어찌 되었을지 생각만 해도 끔찍한 일이구나!'

추사는 벗 천의가 했던 말을 떠올리며 몸서리를 쳤다. 그러면서 이런 부당한 현실이 더욱 혐오스럽기만 했다.

추사는 북녘 땅으로 금오랑을 따라 또다시 유배 길을 떠났다. 이번에는 정반대 쪽이었다. 멀고도 먼 험한 길이었다. 한여름 더위가 땀띠와 피부병으로 고생스럽게 했다. 연이은 유배 길에 추사는 회의가 일었다. 모든 것이 쓸데없고 부질없어 보일 뿐이었다.

하지만 견뎌야 하는 것은 현실이었다. 추사는 곧 제주시절의 위리안치를 생각하며 마음을 다잡아 먹었다. 그러자 가슴 속에 오기가 치솟고 새로운 세상이 보였다. 험한 산은 우뚝한 아름다움으로, 깊은 물은 비단결 물길로 보이기 시작한 것이다. 부정이 긍정으로 바뀌고 유배길이 유랑길이 되었다. 금오랑과 농담을 나누며 긴 여행길을 떠난 사람처럼 여유롭고 한

가로운 방랑객이 되었던 것이다.

"이보시게, 금오랑. 북청이 사납다는 얘기는 들었네만 어떠한가?"

"듣기에 삭풍이 살을 얼리고 수염이 고드름이 되기 일쑤라고 합니다."

"그렇다면 겨울에 더위 걱정은 덜 수 있게 되었네. 이 땀띠와 피부병이 지독하니 빨리 겨울이 오기만을 빌어야겠네."

추사의 대답에 금오랑은 빙긋이 웃을 뿐이었다.

'상감께서 이 몸에게 한가한 시간을 주시니 이번에는 무엇으로 보답할꼬.'

추사는 포천을 거쳐 철원, 회양, 철령을 지나 함흥으로 들어갔다. 그리고는 함관령(咸關嶺) 아래에 섰다. 험악한 산길이 고개 아래에 선 사람을 주눅 들게 만들었다. 금오랑은 한숨부터 내 쉬었다. 수많은 산을 넘고 물을 건너왔지만 이보다 험하고 높은 고개는 없었다.

굽이굽이 돌아가는 고개는 그야말로 나는 새도 쉬어가야 할 판이었다. 까마득히 높은 고개 위로 구름만이 유유히 흘러가고 있을 따름이었다. 깊은 산에서 우짖는 산새 소리가 더욱 처량하게만 들려왔다.

"이 고개만 넘으면 북청이 아닌가? 힘을 내게."

추사가 오히려 금오랑을 재촉해 앞장섰다. 늙고 병든 몸이 구부정한 모습으로 앞장섰다. 그러자 금오랑도 쩔렁거리는 소리와 함께 뒤따랐다.

고개는 험했다. 과연 북녘 땅의 고개다웠다. 돌길을 돌고 또 돌아 오르고 산길을 휘적휘적 올랐다. 까마득한 아래를 굽어보니 언제 이렇게 높이 올라와 있었는지 신기하기만 했다. 지친 몸에도 추사는 어려운 기색을 내보이지 않았다. 사대부의 체면이 금오랑 앞에서 구겨질 수는 없었기 때문이다. 고갯마루에 올라서서 멀리 내다보이는 백두대간 줄기를 바라보며 추사는 시를 읊었다.

　'굽이굽이 뻗어 나간 산줄기가 천리요

　휘돌아 흘러가는 물줄기가 천리라

　두 번의 유람 길이 이 몸을 지치게도 할 건만

　오히려 은혜의 보답을 걱정하네.

　굽이치는 산봉우리, 높이 나는 새를 보고

　늙은 몸이나마 호연지기를 쌓고

　지친 마음이나마 아취고절을 얻어

　후대에 높은 이름을 전하리.'

　추사는 이렇게 지치고 힘든 길을 긍정으로 이겨내려 애썼다. 그리고 그런 마음은 힘겹고 혹독한 북녘 땅에서의 유배생활을 견디는 데 큰 도움을 주었다.

　추사는 북청에 당도하여 자작나무 굴피집을 얻어 짐을 풀었다. 북청 읍성에서 동쪽으로 언덕배기에 올라선 곳이었다.

　겨울이 다가오자 북쪽에서 불어오는 유난히 차가운 바람이 견디기 어렵게 했다. 살은 트고 몸은 야위어 갔다. 게다가 황달기까지 생겼다. 누렇게 뜨고 몸이 말이 아니었다. 그런 어려움 중에도 벗들과의 교류는 끊이지 않았다. 다만 이재 권돈인은 처지가 되지 못해서, 초의는 너무 멀어 자주 왕래하지는 못했다. 추사는 동암(桐庵) 심희순(沈熙淳)과 자주 교류했다. 때로는 글씨를 써서 보내주기도 했고 깊은 속마음을 털어놓기도 했다.

이렇게 벗들과 끊임없이 서신을 주고받으며 추사는 고통으로 얼룩진 자신의 몸과 마음을 달래려 애썼다. 이는 또한 추사의 주위에 항상 그럴 수 있는 사람들이 있었다는 것을 말해주는 것이기도 했다. 그를 따르는 사람과 그와 어울리려 하는 사람들이 끊이지 않고 있었던 것이다. 그중에 침계(梣溪) 윤정현(尹定鉉)이 있었다.

침계 윤정현은 추사의 후배이자 제자이기도 했다. 그런 그가 함경감사로 부임해 온 것이다. 추사는 반갑고 기뻤다.

'침계가 함경감사로 왔다니 그동안 갚지 못한 빚을 갚아야겠구나.'

추사는 종이를 펼치고 붓을 들었다. 그리고는 과감하고 거침없이 붓을 휘둘러 침계(梣溪) 두 글자를 써냈다. 짙고 무게가 있으며 힘 있는 글씨였다. 거친 듯 치밀했다. 추사는 흡족한 얼굴로 침계 두 글자를 내려다보았다. 그리고는 다시 황모필 작은 붓을 들어 제를 써내려갔다.

'침계, 이 두 글자를 쓰기 위해 삼십 년을 기다렸노라. 예전에 부탁받고 쓰려 했으나 금석을 찾지 못해 감히 붓을 들지 못했노라. 마음속에 담아두고 빚으로만 여겼는데 이제야 비로소 쓸 수 있게 됨을 다행스럽게 생각하노라. 요사이 금석을 얻어 예서로 쓰니 평소에 빚으로 삼았던 무거움으로부터 비로소 벗어날 수 있게 되었노라. 신의를 목숨보다 중히 여기는 선비의 애절함이 오늘의 침계를 쓰게 했노라. 자작나무 굴피집 아래에서 추사 써 보이다.'

추사는 침계 두 글자를 써 보내며 한 가지 부탁을 잊지 않았다. 그것은 황초령비에 관한 것이었다. 지난날 권돈인으로 하여금 황초령비를 찾게 했으나 그것은 제일 큰 몸체에 지나지 않았다. 깨진 나머지 조각이 있었던 것이다. 그리고 그것을 윤정현에게 부탁해 찾아보게 했다. 윤정현은 나머지 조각을 찾아냈고 깨진 조각을 붙여 놓을 수 있게 되었다.

침계로부터 황초령비를 찾아 붙였다는 이야기를 전해 들은 추사는 붓을 들었다. 황초령비 비각에 걸 현판을 쓰기 위함이었다.

바람은 차고 쓸쓸했다.

하지만 추사는 마냥 처연하지만은 않았다. 황초령비를 찾아 복구했다는 기쁨이 있었기 때문이다. 추사는 천천히 붓을 움직였다. 참진(眞)자가 하얀 종이 위에 우뚝하니 솟아났다. 그리고는 점점 호흡을 빨리해 팔을 움직였다. 이어 흥(興)자와 북(北)자가 피어났다. 고개를 들고 허리를 펴 잠시 숨을 고른 추사는 또다시 단숨에 수고경 세 자를 써냈다.

眞興北狩古竟(진흥북수고경)

금석기 가득한 예서였다. 장쾌한 기상이 넘치고 대담한 필획이 스스럼없으며 천연스러웠다. 힘과 움직임을 동시에 느끼게 하는 글씨였다. 붓의 움직임은 필법에 맞았고 형태는 질서가 있었다. 한 치의 흐트러짐도 없었다. 추사체의 진면목을 보여주고 있었던 것이다.

추사는 글씨와 난으로 북청 유배 시절을 보냈다. 또한 금석을 연구하며 답사하기까지 했다. 제주에서의 위리안치는 탱자나무 울타리를 벗어날 수 없었으나 북청에서의 유배는 군현안치였기에 얼마간 자유롭게 돌아다닐 수가 있었다. 때문에 추사는 북청의 곳곳을 돌아다니며 유적을 찾고 살폈다. 북청 땅은 옛 발해의 영토였기에 추사는 더욱 관심이 많았다. 그 관심은 발해를 그리워하는 시로 나타나기도 했다. 추사의 민족정신이 듬뿍 깃든 시였다.

'대씨(大氏)의 옛 수도 붉게 물드는데
산천 또한 웅장한 포부로 가득 찼네.
큰 바람 일으켜 단숨에 일어나니
고구려 기상을 빼어 닮았네.
천하를 굽어보며 호령하고 말을 달리니
북방 오랑캐 무릎을 꿇고 중원은 오금을 저렸네.
아! 그 기상, 그 웅혼함
절로 그리워하며 밤을 지새우게 하네.'

추사는 북청에 머무는 동안 북방의 화려함을 그리워하며 강한 민족의식을 드러내기도 했다. 숙신을 노래하고 고구려와 발해를 꿈꾸기도 했던 것이다. 작은 유물 하나라도 발견할라치면 곧 그 느낌을 시로 읊고 글씨로 남겨두었다. 이는 모두 조선의 북진과 강국에 대한 염원을 드러낸 것이다. 그것이 바로 발해의 노래이고 윤관의 노래요 숙신을 노래한 석노시(石砮詩)인 것이다.

추사는 벗들과 교류하며 유적지를 답사했다. 그리고는 시를 읊는가 하면 글씨를 쓰고 금석을 연구했다. 한가로운 유배생활을 보내고 있었던 것이다.

9. 외밭 초가집에 머물며

    일 년 만에 북청 유배에서 돌아온 추사는 난을 치기 위해 붓을 들었다. 따뜻한 햇살 한줄기가 내리쬐는 툇마루에서였다. 오르락내리락 유영하는 갈매기가 삼호의 허공을 수놓고 잎 넓은 오동이 누렇게 물들어가는 계절이었다.

    추사는 붓을 들어 화폭의 오른쪽 아래에서 붓을 눌렀다. 그리고는 거침없이 팔목을 올려쳐 뻗어갔다. 이어 꺾고 굽고 휘고 구부리며 흐린 먹을 놀려 난 잎을 피워냈다. 풀인지 난인지 잎인지 줄기인지 모를 난 잎이 솟아났다. 얼핏 보면 풀이요 다시 보면 시련을 견뎌낸 난이다. 끊기고 꺾인 모습이 모진 세월을 이겨냈음을 묵묵히 말하고 있었다. 추사의 입가에 힘이 주어졌다. 자신의 시련을 대변하는 풍찬노숙의 난 잎이 대견했던 것이다. 꺾인 잎에 휘고 구부러진 잎을 더해 조화를 맞췄다. 같은 방향으로 일제히 휘날리는 난 잎은 여전히 시련의 진행형이었다.

잠시 숨을 돌린 추사는 붓을 들어 먹을 찍고는 난 꽃을 그려냈다. 이번에는 흐린 먹이 아니라 진한 먹이었다. 흐린 잎에 진한 꽃술로 시선을 사로잡고자 함이었다.

꽃대가 그려지고 꽃잎이 그려진 뒤 진한 꽃술이 얹혀졌다. 실로 보기 드문 명작이 탄생하는 순간이었다. 추사 난의 최고였다.

'간결한 구도로 여백의 미를 얻노라. 파격으로 최고를 만들어 내느니.'

텅 빈 여백과 거친 난 잎, 그리고 진한 꽃술이 추사의 마음을 흡족하게 했다. 시련을 이겨낸 난이 자신의 처지와 똑 닮아 있었다.

추사는 다시 붓을 들어 화제를 써내려가기 시작했다. 그런데 이번에도 파격이었다. 정판교와 같이 화제를 왼쪽부터 역행법(逆行法)으로 써내려 갔던 것이다.

'난을 멀리한 지 스무 해가 다 되어가는구나!

우연히 붓을 들어 난을 쳤더니

하늘이 내린 본성이 그대로 드러났네.

문 닫고 찾고, 찾고 또 찾은 곳

이곳이 바로 유마거사의 불이선이로다.

누군가 강요한다면 유마의 말 없는 대답으로 거절하겠노라. 만향.'

추사는 호흡을 가다듬고는 다시 붓을 놀렸다. 난 잎이 꺾여 생긴 여백에 화제를 더하고자 함이었다.

'초서와 예서의 법으로 그렸으니 세상 사람들이 이를 어찌 알랴. 또 어찌 즐길 줄 알랴.'

화제를 마치고 붓을 들자 마침 제자인 소산(小山) 오규일(吳圭一)이 찾아왔다. 유배에서 풀려나 스승인 추사를 찾아왔던 것이다.

"스승님, 소산입니다."

반가운 목소리에 추사는 자리를 일어서 맞이했다.

"그래, 고생 많았구나. 고금도는 어떠하더냐?"

추사의 환대에 소산은 웃음으로 맞받았다.

"짠 내가 진동하여 찬 없이도 밥을 먹을 수 있었으니 그리 고생은 아니었습니다."

소산의 말에 추사는 껄껄웃음을 터뜨렸다.

"네가 고금도에 다분히 정이 든 모양이구나. 다시 가서 좀 더 있다 와야 할 모양이다."

추사의 말에 오규일은 손사래까지 쳐대며 고개를 절레절레 흔들어댔다.

"아닙니다, 스승님. 말이 그렇다는 것이지 정말로 그렇기야 하겠습니까? 두 번 다시 가고 싶지 않습니다."

오규일의 놀라는 표정에 추사는 다시 한 번 껄껄웃음을 터뜨리고는 정색을 하며 말했다.

"고생했다. 올라 오거라. 네가 오려고 부작란이 핀 모양이구나."

따사로운 햇살이 스며든 툇마루에 올라서 오규일은 펼쳐진 화폭을 뚫어져라 내려다보았다.

소산의 눈빛이 어느새 욕심으로 가득 차올랐다.

불이선란을 내려다본 소산이 말했다.

"스승님, 외람되나 이 난은 제게 주십시오."

오규일의 부탁에 추사가 껄껄웃음을 터뜨렸다. 그리고는 붓을 들어 또 다른 화제를 써내려갔다.

'이것은 달준이가 먹을 갈다 달라 한 것인데 이제 소산이 가로채려 하는구나! 소산아, 어찌 남의 것을 가로채려 하느냐? 우습구나.'

화제를 마치고 붓을 든 추사는 중얼거리듯 말했다.

"두 번 다시 그릴 것이 아니다."

이어 추사는 인장함을 꺼냈다. 그리고는 불이선란의 곳곳에 인장을 찍었다. 부작란으로 시작하는 첫 번째 화제에는 자신이 가장 많이 사용한 호인 추사(秋史)라는 인장을 찍었다. 그리고 두 번째 화제에는 고연재(古硯齋)라는 호의 인장을 찍고 세 번째 화제의 끝에는 낙문유사(樂文儒士)와 김정희인(金正喜印)이라는 인장을 찍었다. 그리고 마지막으로 진한 먹으로 그린 꽃술 앞에 묵장(墨莊)이라는 인장을 찍었다.

"이런 부작란은 우연히 그려지는 것이지 억지로 그리려 하다가는 망치고 만다. 억지로 여러 번 그릴 것이 아니다."

추사는 길게 한숨을 몰아쉬며 불이선란을 내려다보았다. 소산 오규일의 입가에는 여전히 기쁨에 찬 미소가 넘쳐나고 있었다.

불이선란(不二禪蘭)은 거칠고 메마른 선으로 바람이란 시련을 이겨낸 난을 그린 것이다. 꺾인 잎과 흔들린 잎사귀, 거기에 외롭게 핀 한 떨기 꽃잎이 매우 단출하다. 텅 빈 여백에는 추사의 화제로 가득하다. 불이선란을 그리게 된 이유와 먹을 가는 아이인 달준이와 소산 오규일의 이야기까지 가득하다.

소산은 불이선란(不二禪蘭)을 받아들고는 어린아이처럼 기뻐했다. 마치 긴 유배생활의 고통을 그림 한 폭으로 보상받았다는 듯한 모습이었다.

"감사합니다, 스승님."

소산의 기쁨에 추사도 미소를 지어 보였다.

"그래, 전각은 어떠하냐?"

"스승님의 가르침으로 어렵던 고비를 넘겼습니다."

"전각이든 글씨든 모두 하나이다. 오직 마음으로 정성을 다해야만 성취를 이룰 수 있는 것이다."

추사는 불이선란을 앞에 두고 오랜 만에 만난 제자 소산 오규일과 정담을 나누었다.

"삼호에 갈매기가 줄어드니 칠십이구초당을 삼십육구초당으로 바꾸려 한다."

추사의 말에 소산이 웃으며 답했다.

"돌아가는 대로 삼십육구초당을 새겨 보내드리도록 하겠습니다."

"부작란의 대가더냐?"

추사는 호탕하게 웃었고 삼호에는 스승과 제자의 유쾌한 웃음소리로 넘쳐났다. 실로 한가롭고 넉넉한 한때였다.

추사는 과지초당(瓜地草堂)에 머물렀다. 삼호에서 과지초당으로 거처를 옮겼던 것이다. 과지초당은 청계산과 관악산 사이에 있는 집이라 하여 청관산옥(靑冠山屋)이라고도 불린 곳이다.

추사는 이곳에 머물며 여전히 벗들과 교유했다. 그 벗들 중에는 다산 정약용의 아들인 유산(酉山) 정학연(丁學淵)과 운포(耘圃) 정학유(丁學遊)도 있었다. 서로 오가며 안부를 묻고 시를 나누는가 하면 글씨를 이야기하곤 했던 것이다.

유배되어 있는 동안 가르치지 못했던 석파의 난 공부도 계속되었다.

어느 날 석파는 자신의 난을 품평 받기를 원했다.

석파의 난을 펼쳐 본 추사는 놀란 눈으로 한 참을 바라보다가는 입을 열었다.

"보여주신 난 그림은 이 추사도 마땅히 손을 들어야 하겠습니다. 압록강 동쪽에 이만한 난은 결코 없습니다. 이는 제가 좋아하는 이의 앞이라서 아첨하는 말이 결코 아닙니다."

추사의 말에 석파는 흐뭇한 미소로 고개를 끄덕였다.

"난을 치는 것이 가장 어렵고도 어려운 일입니다. 법이 있어도 안 되고 법이 없어도 안 되는 일이니 그렇지 않겠습니까? 산수(山水)나 매죽(梅竹) 그리고 화훼(花卉)와 금어(金魚)에는 예로부터 뛰어난 자가 있었으나 오직 난만큼은 이름 있는 이가 없지를 않습니까? 이것은 난이 갖는 의미가 그저 그림으로서만 의미를 갖는 것이 아니기 때문입니다. 그림 이상의 서권기문자향이 깃들어 있어야 하기 때문입니다. 또한 서권기문자향만이 있다고 해서 또 난이 되는 것은 아닙니다. 부단한 연습으로 난의 잎을 수려하고 빼어나게 그릴 줄 알아야 하는 것입니다. 헌데 대감의 난은 이 늙은이도 손을 들지 않을 수 없는 지경입니다. 서권기문자향은 물론 수려하고 빼어날 뿐만이 아니라 그 이상의 것이 묻어나 있습니다. 압록강 동쪽에 이만한 난은 없습니다. 훌륭한 작품입니다."

추사의 말에 석파(石坡) 이하응(李昰應)은 입가에 미소를 지어 보였다. 허나 그의 얼굴에는 여전히 울분이 가시지 않고 있었다.

"안동김문의 득세가 언제까지 이어질지 모르니 그저 답답할 뿐입니다."

"권세란 돌고 도는 것입니다. 저들의 득세가 얼마지 않아 무너지고 대감의 시대가 곧 찾아올 것입니다. 조금만 더 참고 기다리십시오."

추사와 석파는 권력의 언저리에 놓여있다는 공통점을 안고 있었다. 이런 동병상련이 자연스레 이들을 하나로 묶어주었다. 안동김문의 눈을 피해 스승과 제자라는 명분으로 함께 묶였던 것이다. 이들의 난에는 좌절과 시련을 이겨내고자 하는 의지가 담겨 있었다. 어떻게든 권력으로부터 멀어져 있는 현실을 극복하고 화려한 등장을 꿈꾸었던 것이다.

추사는 석파 이하응의 난을 입이 닳도록 칭찬해 마지않았다.

세월은 혹독한 계절을 다시 견디게 했다. 추운 겨울을 견디게 했던 것이다. 하지만 추사에게는 그까짓 추위쯤은 아무것도 아니었다. 오히려 자신을 참아내고 극복하는 즐거운 시간이었다. 북녘 땅 모진 곳에서도 견뎠던 그가 남쪽 따뜻한 과지초당에서의 겨울쯤이야 견딜만한 것이었던 것이다.

이른 아침 뜰에 나서니 세상이 온통 은백색으로 뒤덮여 있었다. 밤새 눈이 내렸던 것이다. 눈이 내리면 으레 그러하듯이 날씨는 제법 포근한 편이었다.

'천의는 잘 있는가 모르겠다. 오랜만에 벗을 만나 즐겨봄도 괜찮을 것이다.'

추사는 눈 내린 날 아침 일찍 벗을 찾아 나섰다. 멀리 관악산과 옆으로 선 청계산이 온통 흰빛으로 덮여 있었다.

'사람의 마음도 저처럼 깨끗할 수 있다면 얼마나 좋겠는가? 티끌로 얼룩진 세상사가 덧없어라. 욕망으로 물든 인간사가 쓸데없어라.'

추사는 호탕한 웃음을 터뜨렸다. 이에 대답이라도 하듯 길가의 소나무에서 흰 눈 무더기가 와르르 쏟아져 내렸다. 눈 무더기의 호들갑에 놀란 까투리가 요란하게 날아올랐다. 추사는 그 모습을 보면서 뒷짐을 진채 중얼거렸다.

'무슨 죄를 지었기에 그리 놀라는가?'

추사는 천천히 그러나 느리지는 않게 사대부의 걸음걸이로 오랜 벗인 천의를 찾아 나섰다. 언덕을 넘고 들을 건넜다. 멀리 은빛 물결이 비단 폭처럼 흘러가고 있었다. 하늘은 또다시 검은 구름을 몰아오고 흰 눈을 새까맣게 쏟아내기 시작했다.

'덮어라. 흰 눈아! 세상의 티끌을 모두 덮어 새로운 세상을 열게 하여라.'

추사는 중얼거리며 발길을 옮겨놓았다. 푸른 소나무가 눈 무게를 이기지 못해 부러지고 있었다. 허공을 울리는 맑은소리와 함께 소나무의 굵은 가지가 부러져 나가고 있었던 것이다. 애잔한 속살이 뽀얗게 드러났다.

'부러질지언정 굽히지 않는 그 모습이 장하구나. 그래 그것이 지조와 절개니라. 굽히지 않는 너의 마음이 이 추사의 마음과도 같구나!'

추사는 나루터에 이르러 배를 보았다. 주인을 잃은 작은 배는 흰 눈을 뒤집어쓴 채 홀로 물결을 이겨내고 있었다.

추사는 배에 올라 노를 저었다. 해보지 않은 일이라 손에 익지 않았다. 그러나 벗을 만나기 위해서는 물을 건너야 했고 물을 건너기 위해서는 노를 저어야만 했다. 배는 힘겹게 나아갔다. 다행히 물살은 약했고 강폭도 그리 넓지 않았다.

노를 저으며 추사는 생각에 잠겼다. 벗을 만나고 시를 읊고 글씨를 쓴다는 것은 대체 무엇이란 말인가? 무엇이 그토록 사람의 마음을 움직이게 하는 것일까? 흰 눈이 그렇게 하는 것인가? 아니면 가슴속 마음이 그렇게 하는 것일까? 의문이 일었다. 가슴속 마음이 이처럼 발길을 옮기게 했다면 어제는 왜 그렇지 않았던가? 어제라서 벗을 향한 마음이 없었던 것은 아닐 진데 말이다. 그렇다면 오늘 아침 흰 눈을 보고 나서야 발길을 옮겼으니 이 흰 눈이 그렇게 만든 것이란 말인가? 추사는 자신의 마음에 의심을 가졌다. 벗을 향한 마음에 의심을 품게 된 것이다.

'벗이란 나를 위해 존재하는 것인가? 아니면 벗을 위해 내가 존재하는 것인가?'

깊은 생각은 추사로 하여금 혼란에 빠뜨렸다. 지금까지 없었던 일이었다.

어느새 배는 물 건너에 닿았고 추사는 배에서 내려섰다. 흰 눈 속에서도 봄은 다가오고 있었다. 갯버들이 눈을 트고 있었던 것이다.

'벗을 위한 나의 마음이 그 정도밖에 되지 않았단 말인가? 마음이 움직이고서야 그제야 발길을 옮겨 놓다니.'

추사는 가벼이 한숨을 몰아쉬었다. 그리고는 또다시 발길을 재촉했다.

흰 눈은 길과 논과 밭을 모두 뒤덮어 놓았다. 어디가 길이고 어디가 논이며 어디가 밭인지도 구분을 할 수 없었다.

하지만 추사는 길을 잘도 찾았다. 익숙한 길이었기 때문이다. 한두 번 찾아온 길이 아니었던 것이다.

언덕을 오르자 벗의 초가가 반가이 맞아주었다. 벗의 사립은 여전했다. 싸리나무를 엮어 만든 낮은 울타리와 한쪽으로 기울어진 사립이 변함이 없었던 것이다.

안으로부터 글 읽는 소리가 낭랑하게 들려왔다.

"담 모퉁이에 피어난 매화 한 송이
찬바람을 이겨내고 홀로 피었구나.
멀리서 보아도 흰 눈이 아님을 알겠으니
은은한 향기 절로 흘러드는구나."

왕안석의 매화를 읊은 시다. 혹독한 겨울 추위를 이겨내고 핀 매화의 절개를 노래한 시다. 은은한 향기로 자신의 존재를 드러낸 매화를 찬양한 시였다. 추사는 단숨에 달려들어 반가운 벗을 부르고 싶었다.

순간 추사의 발목을 잡아채는 것이 있었다.

'멀리서 보아도 알겠다. 은은한 향기가 절로 흘러든다?'

추사는 순간 깨달았다. 진정한 벗이란 마음으로 전하는 것이지 몸으로 전하는 것이 아니란 것을 말이다.

'그렇다. 옛말이 소중한 이유가 거기에 있었구나. 이심전심(以心傳心)

이로다.'

추사는 서서히 몸을 돌렸다. 그리고는 발길을 옮겨놓았다. 과지초당을 향하여 다시 발길을 옮겨놓았던 것이다.

'이것이 바로 왕휘지의 산음의 깨달음이로구나!'

소중한 벗은 만나지 않더라도 마음으로 통할 수 있다는 것을 깨달은 추사는 자신의 지난 일들이 부끄럽게만 여겨졌다. 초의를 비롯해 이재와 천의에게 자신을 찾아와 달라고 떼를 쓰던 일들이 부끄러워졌던 것이다. 그중에서도 초의에게는 무례할 정도로 떼를 쓰기도 했었다. 멀리 해남의 일지암으로부터 강상의 삼호까지 또 과지초당까지 천리 길을 찾아와 달라고 부탁하기도 했었던 것이다. 하지만 초의는 이렇다 저렇다 대답이 없었던 적이 한두 번이 아니었다. 추사는 이제야 비로소 초의의 그 마음을 알 수 있었다.

추사는 고개를 끄덕었다.

'보는 것이 전부는 아니다. 어찌 기꺼운 벗의 마음을 눈으로만 보아 다 알 수 있다 하겠는가? 보지 않고도 알 수 있으니 그보다 더 잘 알 수 있는 것은 없도다.'

추사는 다시 배에 올라 노를 저었다. 건너 갈 때보다도 추사의 몸은 더욱 가벼워 보였다. 마음이 가벼우니 몸도 가뿐했던 것이다.

'고단한 길이 큰 깨달음을 얻게 해주었으니 결코 헛된 걸음은 아니었다. 이보다 더 소중한 걸음이 어디에 또 있겠는가?'

새로운 깨달음이 추사를 기쁘게 했다. 굳이 서신을 주고받지 않더라도, 소식을 전하지 않더라도 초의나 이재의 마음을 알 수 있었다.

'이 좋은 날 매화 향기 가득하니 초의도 이재도 천의도 모두 벗의 마음을 헤아리고 있으리라.'

과지초당으로 돌아온 추사는 종이를 펼치고 붓을 들었다. 그리고는 글씨를 써내려갔다.

茗禪(명선)

두 자였다.

'초의가 차(茶)를 보내왔는데 그에 대한 답을 아직도 못하고 있었다. 이제야 그 마음을 알아 보답하고자 글씨를 썼으니 오늘의 깨달음이 아니었다면 어찌 이런 글씨를 써낼 수 있었으랴.'

명선 두 글자를 잠시 바라보던 추사는 또다시 혼잣말로 중얼거려댔다.

'이는 백석신군비의 필의(筆意)를 좇아 써 본 것이다. 예스러운 멋이 살아 있으니 초의가 나를 대신해 너를 반길 것이다. 어찌 기쁘지 않겠느냐?'

추사는 홀로 흡족해하며 미소를 지어 보였다. 고졸한 글씨에서 맑은 차 향기가 솔솔 피어오르는 듯 했다.

10. 묵장의 영수, 추사 떠나다.

 이듬해 추사는 새로운 호를 하나 얻었다. 나이 일흔하나가 되어 칠십일과(七十一果)라는 호를 삼았던 것이다. 그리고는 병든 몸을 이끌고 봉은사(奉恩寺)로 향했다. 여생을 정리하기 위함이었다.

 봉은사에 머물면서도 추사는 결코 붓을 놓지 않았다.

 '죽음에 이르기까지 붓을 놓지 않으리라. 살아 있음을 오직 붓으로서 말하리라.'

 붓과 더불어 힘든 나날을 보내던 어느 날 반가운 제자 유요선이 추사를 찾아왔다. 한양에 올라왔다 스승을 잠시 뵈러 온 것이다. 유요선은 북청 유배 시절에 거두었던 제자였다. 성실하며 글씨에 대한 재주가 남달랐다. 북청에서 거두어들인 여러 제자 중에 그래도 가장 나은 제자였다. 스승을 닮아 예스러운 맛을 즐길 줄 알고 필획과 자세가 갖추어져 있었다. 무엇보다도 추사가 그를 사랑한 것은 그의 성실함이었다. 이른 아침부터 찾아와 늘 한결같은 자세로 가르침을 받았다. 묻고 또 물으며 추사를 즐겁게 했던 것이다.

"그래, 침계는 만나보았느냐?"

추사는 후배이자 제자인 침계 윤정현을 물었다.

"예, 스승님."

"어찌 지내더냐?"

추사의 물음에 요선은 공손히 답했다.

"스승님의 건강을 걱정하고 계셨습니다. 조만간 찾아뵐 것이라 하셨습니다."

요선의 대답에 추사는 한동안 말없이 건너편 수도산(修道山)을 바라보았다.

"멀리서 어렵게 왔으니 내 너를 위해 붓을 들어야겠다. 너를 위해 해 줄 것이 이제는 이것밖에 없구나."

추사는 요선을 위해 붓을 들었다.

힘겹게 자리를 움직여 종이를 펼쳤다. 요선은 묵묵히 스승의 글씨를 도왔다. 북청 시절을 떠올리며 추사는 붓을 움직였다. 제자에 대한 사랑을 붓으로서 다시 한 번 확인해주고 싶었던 것이다.

서서히 붓이 움직이고 글씨가 살아났다. 봉이 날개를 펼치고 하늘을 날 듯 어룡이 파도를 헤치며 솟구쳐 오르듯 검은 글씨가 피어올랐다.

無雙彩筆珊瑚架(무쌍채필산호가)

第一名花翡翠甁(제일명화비취가)

．

"더없이 좋은 붓과 산호로 만든 서가, 제일가는 좋은 꽃과 비취로 만든 병이라. 글을 배우고 익히는 사람이 마음속에 담아두어야 할 좋은 것들이다. 이를 가슴 속에 새겨 항상 좋은 글을 쓰는데 전력하도록 해라."

해서로 살아난 유려한 글씨였다. 유요선은 감탄의 눈길로 스승의 글씨를 내려다보았다. 칠십의 나이에 썼다고는 믿기지 않는 힘차고 활달한 글씨였다.

"너를 위해 정성을 다해 쓴 글씨다. 병든 몸이 힘겹기는 하지만 그래도 이렇게 누군가를 위해 할 일이 있다는 것이 아직은 다행이로구나."

추사는 오랜만에 미소를 지어 보였다. 과천에서 봉은사로 옮겨오고 난 뒤로 처음으로 지어보는 미소였다.

추사는 이어 작은 붓을 들어 협서를 썼다.

'봉은사 절집에서 건너 산을 바라보니 산세가 심히 기이한 것이 마치 소미(小米)의 청효도(淸曉圖)같도다. 신비한 기운이 감도는 것이 마치 빛이 발하는 것만 같아 팔뚝을 걷고 요선을 위해 쓰노라. 칠십일과.'

협서를 마친 추사는 비로소 붓을 놓고 길게 호흡을 가다듬었다. 힘에 겨워 보였다. 들썩이는 어깨가 이미 병이 깊음을 알 수 있었다.

"스승님, 힘에 겨우시면 이제 좀 쉬십시오. 붓을 놓고 쉬심이 마땅한가 합니다."

요선은 추사의 건강이 걱정되었다. 주위에 걸어놓은 글씨로 미루어보아 스승이 얼마나 글씨에 대한 미련이 남아 있는지 알 수 있었다. 벽에는 온통 추사의 글씨로 가득 차 있었다.

　"붓을 놓는 날 이 몸은 이 세상 사람이 아닐 것이다. 어찌 그런 말을 하느냐? 그것은 곧 이 추사더러 목숨을 내놓으라는 말과도 같으니라."

　추사의 단호한 말에 요선은 마음이 찢어질 듯 아팠다. 그러면서도 스승에 대한 존경의 마음이 한없이 솟구쳐 올랐다. 병든 와중에도 붓을 놓지 않고 목숨이 다하는 그날까지 글씨와 함께 하려는 그 정신이 존경스러웠던 것이다.

　"내 이곳에 오기 전에는 모든 것이 그저 한가롭고 여유로운가 하면 또한 부질없어 보이더니만 죽을 때가 되었는지 요즘 들어 무척 조급해지고 안타깝기만 하구나."

　추사의 말에 요선은 물었다.

　"무슨 말씀이신지요?"

　추사는 힘에 겨운지 숨을 몰아쉬며 천천히 입을 열었다.

　"과지초당에서 머물 때만 해도 권력을 다투던 젊은 날과 천하의 글씨를 얻고자 몸부림치던 날들이 모두 부질없고 헛된 일처럼만 보이더구나. 그래 자연을 노래하고 산천을 즐기며 노닐었지. 허나 몸이 병들고 의지할 데가 없어 이곳 봉은사로 흘러들어오게 되자 마음에 변화가 일어 옛날로 돌아가게 되었구나. 내 삶에 대한 미련이 남은 것인지 글씨에 대한 욕심이 자꾸만 솟구쳐 오르는구나. 아직도 부족하고 모자란 것만 눈에 걸리고 있으니 팔뚝 아래에 삼백구비를 다 갖추지 못한 듯해 아쉽고 또 아쉽기만 하구나.”

　요선은 추사의 강렬한 눈빛에서 쓸쓸함과 두려움 그리고 존경을 함께 읽어냈다. 일흔하나 병든 몸에도 저처럼 강렬한 욕망이 남아 있다니 두렵고도 처연한 일이 아닐 수 없었던 것이다. 또한 그런 그가 한없이 부럽고도 존경스러웠다. 자신도 그 나이에 그럴 수 있을까 하는 의구심이 일었던 것이다. 요선은 스승인 추사를 바라보며 자신도 그러리라 다짐해보았다.

　“스승님의 글씨는 이미 천하제일이 되었습니다. 무엇을 더 바라십니까? 그것은 스승님의 욕망에 불과한 것입니다.”

　요선의 말에 추사가 답했다.

　“그것이 나도 두렵단다. 나의 이 마음이 과연 욕망이라면 어찌 두렵지 않을 수 있겠느냐? 내가 언제부터 이렇게 욕망에 휩싸였는지 그것이 진실로 두려울 따름이다.”

　추사는 욕망으로 인해 자신을 추스르지 못하고 있는 것을 두려워했다. 그것은 곧 자신의 마음을 스스로 통제하지 못하고 있다는 것을 말하고 있는 것이기 때문이다.

　요선은 주위를 둘러보았다. 걷어 올려진 휘장 아래로 수도산이 빼어난 자태를 뽐내고 있었다. 수려한 산세와 짙푸른 색이 유난히 눈을 부셔댔다.

　눈을 돌려보니 작은 방의 벽면에는 추사의 글씨들로 가득 차 있었다. 그중 요선의 눈을 끄는 작품이 있었다. 동쪽 벽면에 걸려 있는 대련(對聯)이었다. 금빛 냉금지에 쓴 춘풍대아(春風大雅)였다.

　春風大雅能容物(춘풍대아능용물)

秋水文章不染塵(추수문장불염진)

'봄바람같이 큰 아량은 능히 세상 만물을 받아들이고

차가운 가을 물살 같은 문장은 티끌에 물들지 아니한다.'

단정한 해서로 쓴 명작이었다. 아무리 보아도 질리지 않을 글씨였다. 뿐만 아니라 봄바람 같은 큰 아량과 차가운 가을 물 같은 문장은 스승인 추사 자신을 드러내는 뜻있는 글이기도 했다. 글씨와 더불어 문장까지 명품 중의 명품이었다.

요선은 스승 추사를 바라보았다.

"자신만의 글씨를 찾는데 힘써야 한다. 나의 추사체는 벼루 열 개를 구멍 내고 붓 천 자루를 몽당붓으로 만들고 난 뒤에야 비로소 완성되었다. 이제 네가 떠나면 언제 다시 볼 수 있을지 알 수 없는 일이구나. 네가 나의 가르침을 받았기에 특별히 이르는 말이다. 너만의 글씨와 난을 만들어내도록 해라. 오직 너만의 것이어야 한다."

추사는 진심으로 요선을 아꼈다. 험난한 북쪽 땅, 시련 속에서 얻은 제자였기에 더욱 애정이 깊었다. 유요선 또한 그런 추사의 마음을 잘 알고 있었다. 그렇기에 더욱 안타까웠다. 날로 야위어가고 병약해져 가는 추사가 안타깝기만 했던 것이다.

"스승님을 오래 모시고자 하나 그렇지 못함을 용서하십시오."

요선의 말을 추사는 알아들었다. 잠시 한양에 들렀다가 스승을 뵈러 온 것을 알고 있었기 때문이다. 바쁜 와중에 이렇게 찾아와 준 것만도 고마운 일이었다.

추사는 말없이 고개만 끄덕거렸다.

유요선이 다녀가고 난 후 추사는 봉은사 전각의 현판을 써 달라는 부탁을 받았다. 늙고 병든 몸으로 상황이 어렵기는 했지만 거절하지는 않았다. 글씨를 쓰는 일이었기 때문이다.

전각 안에 마련된 큰 붓과 먹물을 바라본 추사는 자신이 이제껏 써 본 글씨 중에 가장 큰 글씨를 써야 할 것 같았다. 커다란 빗자루만한 붓을 들고 추사는 힘겹게 어림해 보았다. 붓 가는 대로 몸을 움직이며 발길을 옮겼다.

"괜찮으시겠습니까?"

추사의 힘겨운 몸동작을 염려한 스님이 은근한 목소리로 물었다.

"글씨깨나 썼다는 사람이 어찌 붓 앞에서 주저하겠습니까? 다만 어떻게 써야 하는가를 놓고 고민할 따름입니다."

추사는 붓을 들고 다시 생각에 잠겼다. 이제껏 썼던 예서나 해서, 행서는 너무 흔한 것 같았다. 추사는 생각에 잠겼고 전각 안은 침묵에 휩싸였다.

'이는 나의 마지막 역작이 될 것이다. 하지만 어떻게 써야 한단 말인가? 추사체의 그 끄트머리에 서서 주저하지 않을 수 없구나.'

추사는 한동안 멍하니 붓을 바라보았다. 어릴 적 입춘첩을 쓰던 때가 떠올랐다.

'그때는 이런 고민은 없었다. 그저 붓 가는 대로, 쓰고 싶은 대로 썼는데 이제는 천하의 명필이란 소리를 듣고 나니 별 쓸데없는 것까지 신경이 쓰이는구나. 아! 허접한 명성이 붓의 앞길을 막아서고 있구나.'

순간 머리를 스치는 것이 있었다. 그리고 깨달았다.

'그렇다. 왜 그런 쓸데없는 것에 신경을 쓰고 있는가? 그저 붓 가는 대로, 내 마음이 휘둘러지는 대로 그대로 쓰면 될 것을. 추사체라는 울타리에 얽매여서는 안 된다. 추사체를 벗어나서 붓 가는 대로 써야 한다. 그것이 진정 이 추사의 글씨다. 법이 있어도 안 되고 법이 없어도 안 된다 하지 않았던가.'

추사는 고개를 들어 붓을 휘둘렀다. 천천히 어린아이처럼 붓을 가지고 놀듯이 그렇게 글씨를 써갔다. 추사의 몸은 힘겹게 움직였지만 추사의 글씨는 졸한 멋과 천연스러운 맛이 그대로 듬뿍 묻어났다.

板殿(판전)
七十一果病中作(칠십일과병중작)

어린아이만큼이나 큰 판전 두 글자와 세로로 관서가 쓰어 졌다. 판전 두 글자는 마치 어린아이가 쓴 글씨처럼 그렇게 순박하기만 했다. 순진무구함으로 넘쳐나고 있었던 것이다. 다만 어렸을 적 글씨가 모자란 순진무구함이었다면 이번의 순진무구함은 단련된 것이었다는 것이다.

"이는 내가 어려서 입춘첩 쓸 때를 생각해 써낸 것입니다."

힘에 겨운 추사는 붓을 내려놓으며 땀을 닦았다. 이마에 땀방울이 송골송골 맺혀 들고 있었다.

"늙으니 어림으로 돌아가고 말았소. 붓으로서 일세를 풍미했건만 이제 그 마지막은 어릴 적 아무렇게나 휘두르던 글씨로 다시 돌아가고 말았소

이다. 어릴 적 그 글씨로 돌아올 것을 무엇 때문에 그리도 평생을 헤매었
는지 모르겠소이다."

추사는 허탈하게 웃었다. 어릴 적 입춘첩을 쓸 때의 글씨와 다를 것 없
는 자신의 글씨를 바라보며 허허롭게 웃고 말았던 것이다.

"그것이 인생이랍니다. 시주께서 평생을 찾아 헤맨 것이 시주의 손안에
있었지 않습니까? 어리석은 중생들이 손안에 쥐고 있는 것도 모른 채 그
저 남의 것만 탐하다 평생을 허비하고 마는 것이지요. 나무아미타불 관세
음보살."

스님의 불호에 추사도 합장하며 나직이 불호를 외웠다.

"나무관세음보살."

봉은사 판전 현판을 쓰고 추사는 자리에 누웠다. 병이 더욱 깊어져 움직
이지도 못했던 것이다. 판전을 쓰는데 모든 힘을 바쳤기 때문이다.

추사는 싸늘한 바닥에 외롭게 누워 있었다. 그러자 긴 세월이 주마등처
럼 훑고 지나갔다. 참으로 부지런히 살아냈던 삶이었다.

'이제야 비로소 나를 나로부터 자유로이 놓아 줄 수 있게 되었구나. 훨
훨 날아가리라.'

추사는 이제야 모든 것으로부터 자유로워질 수 있음을 깨달았다.

'그동안 팔뚝 아래에 삼백구비를 갖추고자 나 자신을 얼마나 붙잡고 매
달렸던가? 몸과 마음이 시달려 고달프고 괴로운 세월이었다. 천하를 얻겠
다는 부질없는 욕망에 사로잡혀 부나비처럼 몸부림친 세월이 참으로 어리
석었다. 이제야 비로소 진정한 자유를 얻게 되었구나. 진정한 자유를 얻게

되었구나.'

추사는 비로소 안으로부터 나를 놓아주어야 한다는 것을 깨달았다. 밖으로부터가 아니라 안으로부터 자신을 놓아주어야 한다는 것을 깨달았던 것이다. 그리고 그것이 진정한 자유라는 것을 깨달았다. 진정한 자유를 얻어야 만이 천하를 얻을 수 있다는 것 또한 깨달았다.

'욕망을 버리고 진정한 자유를 얻는 자, 천하를 얻으리라.'

욕망을 버려 자유를 얻으면 비로소 천하가 자신의 눈 아래 무릎을 꿇고 말리라는 것을 깨달았던 것이다. 그것은 곧 자신이 그토록 얻고자 몸부림치던 천하제일의 글씨를 얻는 길이기도 했다. 추사는 눈을 감기 직전에야 비로소 그토록 얻고자 했던 천하제일을 얻었다. 욕망을 버리고 자유를 얻음으로써 천하제일을 얻었던 것이다.

추사는 마침내 눈을 감고 말았다. 붓 한 자루로 천하를 호령하던 추사가 쓸쓸히 봉은사 절집에서 숨을 거두고 만 것이다. 판전을 쓰고 난 후 사흘 만이었다.

추사의 마지막을 지킨 것은 그를 따르던 제자도, 다정하던 벗도 아니었다. 평생을 그와 더불어 예의 길에서 노닐던 붓과 벼루였다.

서수필 한 자루와 단단한 단계연 하나뿐이었던 것이다.

파란만장했던 삶, 추사. 그를 따랐던 사람이나 그를 적으로 보았던 사람이나 모두 그의 죽음을 안타까워했다. 그의 예술혼을 높이 샀던 것이다.

천하제일의 글씨로 우뚝 서 예(藝)와 더불어 노닐었던 추사

진정한 묵장(墨場)의 영수(領袖)였다.

● 참고문헌

국역근역서화징 - 오세창 〈시공사〉

국역완당전집 - 김정희 〈민족문화추진회〉

문인화론의 미학 - 강행원 〈서문당〉

사군자감상법 - 최열 〈대원사〉

옛 그림 읽기의 즐거움 - 오주석 〈솔〉

우리나라의 옛 그림 - 이동주 〈학고재〉

우리 옛 그림의 아름다움 - 이동주 〈시공사〉

완당평전 - 유홍준 〈학고재〉

중국의 문인화 - 수잔부시 〈학연문화사〉

초의선사 - 곽의진 〈동아일보사〉

추사김정희 연구 - 후지츠카 치카시 〈과천문화원〉

추사김정희의 예술론 - 정혜린 〈신구문화사〉

추사와 그의 시대 - 정병삼외 〈돌베개〉

한국회화사 - 안휘준 〈일지사〉